EL BARCO DE VAPOR

Los hermanos Bravo

Ignacio Martínez de Pisón

sm

Esta obra ha sido publicada con la ayuda de la Dirección General del Libro, Archivos y Bibliotecas del Ministerio de Educación, Cultura y Deporte, en el año europeo de las lenguas.

Primera edición: octubre 2001
Segunda edición: diciembre 2002

Dirección editorial: María Jesús Gil Iglesias
Colección dirigida por Marinella Terzi
Imagen de cubierta: Alfonso Ruano

Comercializa: CESMA, SA - Aguacate, 43 - 28044 Madrid

ISBN: 84-348-7861-5
Depósito legal: M-48936-2002
Preimpresión: Grafilia, SL
Impreso en España / *Printed in Spain*
Imprenta SM - Joaquín Turina, 39 - 28044 Madrid.

Para los tres:
Diego, Eduardo y María José

1 *El tesoro de los hermanos Bravo*

No es que fuera un coche del otro mundo, pero el marcador de la velocidad llegaba a los ciento ochenta kilómetros por hora, y eso bastaba para que nosotros nos asomáramos a su interior y discutiéramos.

—Este no pasa de los ciento cincuenta —decía mi hermano Rafa.

—De los ciento cincuenta sí, pero los ciento ochenta no los coge ni cuesta abajo —decía mi hermano Juan.

—Si ahí pone ciento ochenta será porque los coge —decía yo.

Era un Alfa Romeo descapotable. Un Alfa Romeo de más de diez años pero Alfa Romeo al fin y al cabo. Era blanco y sobre el capó tenía pintada un águila inmensa con las alas desplegadas. Llevaba aparcado delante del hostal desde el mediodía y, aunque nosotros todavía no le habíamos visto, sabíamos muy bien quién era su dueño. Un hombre moreno, de unos cuarenta años, con gafas de sol, camiseta negra de manga corta y una estrella tatuada en el antebrazo izquierdo. Lo sabíamos porque era el único cliente del hostal.

—¿Os apetece dar una vuelta?

Nos volvimos los tres. El que había hablado era el hombre moreno del tatuaje. Lo miramos en silencio mientras avanzaba hacia nosotros y se sentaba al volante del Alfa Romeo.

—¿Os apetece o no?

Montamos en el coche. El hombre moreno dio marcha atrás hasta salir del aparcamiento y buscó la antigua carretera general. Del hostal partía un tramo de unos cinco kilómetros que no llevaba a ningún sitio. Antes sí, antes ese tramo formaba parte de una carretera que llevaba a Madrid, pero el año anterior habían inaugurado la autovía y ahora esos cinco kilómetros acababan en un simple talud por encima del cual circulaban los coches y los camiones.

—¿Estáis preparados?

Aquel hombre conocía bien la zona. Había detenido el Alfa Romeo al principio de ese tramo y teníamos ante nosotros cinco kilómetros de carretera recta y solitaria. Más que una carretera, aquello parecía la pista de un aeropuerto, y en ese momento yo tenía la sensación de que no estábamos metidos en un coche sino en un aeroplano a punto de despegar. El hombre moreno pisó varias veces el acelerador y nos dedicó una breve sonrisa antes de arrancar. Arrancó. El motor hacía un ruido infernal, que solo se interrumpía cuando el hombre llevaba la mano a la palanca del cambio y cambiaba de marcha. Antes de que pudiéramos darnos cuenta, el Alfa Romeo corría a ciento sesenta kilómetros por hora.

Yo iba sentado delante y me volví a mirar a Rafa. Pero la aguja no se detuvo allí. El viento era tan intenso que no resultaba sencillo mantener los ojos abiertos. Yo, sin embargo, me esforzaba por seguir el avance de la aguja: ciento sesenta y cinco, ciento setenta, ciento setenta y cinco... Cuando por fin alcanzamos los ciento ochenta kilómetros por hora, estábamos ya bastante cerca del talud de la autovía y el hombre tuvo que pisar con fuerza el freno.

—¡Ciento ochenta! —grité, volviéndome hacia Juan.

El hombre moreno no dijo nada. Se quedó un instante mirando los coches que pasaban por la autovía. Luego dio la vuelta con el Alfa Romeo y, sin pasar ahora de los cuarenta por hora, nos dejó ante la entrada del hostal, en el mismo sitio en el que nos había recogido.

El hostal se llamaba Los Pinos y era propiedad de mis padres. Se llamaba Los Pinos porque al lado del aparcamiento había un jardín con un olivo y cinco pinos piñoneros que acaso fueran los únicos en varios kilómetros a la redonda. En otro tiempo había sido un hostal muy próspero. Entre el servicio del restaurante y el de las habitaciones llegó a tener hasta ocho empleados, y todas las guías de la zona elogiaban el trato familiar de los propietarios y las especialidades regionales de su cocina. Sobre todo el pisto y el cochinillo al laurel que hacía mi madre.

Pero ya digo que eso había sido en otro tiempo, y cuando digo «en otro tiempo» me refiero al tiempo anterior a la autovía, en la época en que todavía la carretera acababa en Madrid y no en un triste talud. Entonces eran muchos los viajeros que se detenían en el hostal Los Pinos, y a las horas de las comidas y las cenas no era raro que hubiera hasta treinta camiones y coches en el aparcamiento y otros tantos en la parte de atrás, en la explanada en la que mi padre había proyectado construir una piscina y media docena de *bungalows*. Luego se empezó a hablar de lo de la autovía y mi padre renunció a los *bungalows* y a la piscina, y poco a poco, a medida que se inauguraban los sucesivos tramos de la autovía, fue disminuyendo el número de camiones y de coches, y cada vez eran menos los viajeros que se detenían a comer o cenar en el hostal, a probar el pisto de mi madre y su celebrado cochinillo.

También, por supuesto, había ido disminuyendo el número de empleados. Ahora lo llevaban todo entre mi padre y mi madre, y nosotros ayudábamos en la cocina y la barra del bar, lo cual tampoco era mucho ayudar, porque casi ningún viajero se detenía en un hostal tan alejado de todo. Si alguna vez había alguien que pedía una habitación, solía ser por la noche, porque la noche y el cansancio le habían atrapado en mitad del viaje, y lo normal era que durmiera las horas justas, desayunara temprano y se apresurara a volver al coche. A lo mejor fue por eso por lo que la actitud del hombre moreno nos extrañó tanto.

—¿Tres o cuatro noches? ¿Ha dicho usted tres o cuatro noches? —le preguntó mi padre.

—Sí —dijo él—. Me gusta esta zona. Me apetece recorrerla.

—Pero si por aquí no hay nada de interés —dijo mi padre, con su conocida habilidad para ganar clientes—. Ni monumentos ni museos ni catedrales: nada. Nadie se queda a pasar tantos días.

—Por lo menos podré disfrutar del paisaje.

—Para paisajes bonitos hay que seguir unos cincuenta kilómetros —insistió mi padre—. Hasta donde empieza la sierra. Eso sí que son paisajes. No esto.

El hombre moreno sonrió y dijo que a él le gustaban las tierras áridas y llanas, las que no suelen gustar a nadie.

—Me gusta mirar a mi alrededor y ver el horizonte por todas partes. Me gustan los paisajes en los que la vista puede abarcar kilómetros y kilómetros —dijo.

Y mi padre, encogiéndose de hombros y como contrariado, cedió:

—Está bien, está bien. Tres noches.

Al lado del hostal solo había una gasolinera y la casita del empleado de la gasolinera. En esa gasolinera los empleados duraban siempre muy pocos meses, y por entonces no hacía ni dos semanas que acababa de hacerse cargo de ella el padre de Socorrito. Él era un hombre delgado y triste, viudo desde poco después de nacer la niña, y se pasaba el día en una mecedora junto al surtidor de la mezcla para motos, leyendo libros y periódicos mientras esperaba a que algún conductor despistado se parara a poner gasolina. Socorrito le ayudaba vendiendo cubitos de hielo y limpiando parabrisas. Aquel verano mis hermanos y yo estábamos muy ocupados espiando a Socorrito. Nos asomábamos a la ventana más próxima del hostal y gritábamos:

—¡Socorro, Socorrito!

Ella fingía no oírnos, pero a veces se hartaba y se volvía para insultarnos. Entonces nosotros nos revolcábamos por el suelo, muertos de risa.

—Socorrito —decía yo—. ¡Qué nombre tan ridículo!

—¡Y qué piernas tan flacas tiene! —decía Juan.

—¡Y encima no tiene tetas! —decía Rafa.

Socorrito, sin embargo, era guapa, guapísima, y yo os juro que el único defecto que le encontraba era su nombre. Socorrito, qué nombre tan ridículo.

El hostal y la gasolinera: eso era todo lo que había en esa parte de la carretera. Un poco más allá estaba el desvío que llevaba al pueblo y dos o tres casas en ruinas, abandonadas desde mucho antes de que nosotros llegáramos. A una de esas casas, la más grande, la única que todavía conservaba buena parte del tejado, la llamábamos el caserón del muerto, aunque ninguno de nosotros sabía muy bien por qué la llamábamos así. Era una construcción de dos pisos con una torre que acababa en un cono, como las de los castillos franceses de las revistas que leía mi madre, y en el jardín crecían desordenadamente zarzas y arbustos de todas clases. Nosotros solíamos ir a finales de verano a coger moras, pero entonces estábamos todavía a mediados de julio y faltaban unas semanas para que las moras estuvieran maduras.

—Hemos ido al pueblo y hemos visto el Alfa Romeo —dijo Juan.

—Se ha metido por el camino del caserón del muerto —dijo Rafa—. ¿Qué demonios estaría haciendo por allí?

Esa tarde me tocaba a mí ocuparme del bar. Mi padre, sentado al lado del ventilador, llevaba más de una hora con la página de pasatiempos del periódico. En ese momento oímos el ruido de un motor y vimos cómo el Alfa Romeo aparcaba en su sitio habitual.

—¿Le decimos que nos dé otra vuelta? —pregunté.

Mi padre alzó la cabeza del periódico y dijo:

—No molestéis al señor. No estéis siempre mirando y tocando su coche.

Mi padre nos decía que nos alejáramos del Alfa Romeo pero, en el fondo, estaba orgulloso de tener aparcado delante de su hostal un coche como aquel. Salimos corriendo, cuando todavía el motor del Alfa Romeo estaba encendido, y dijimos:

—¿Quiere que le enseñemos el pueblo? No es que sea nada del otro mundo, pero si quiere...

Nos dio un par de vueltas por el pueblo.

—Esta es la plaza —decíamos—. Aquello de allá es la caja de ahorros y esto, la casa del médico. El buzón está al fondo, donde la fuente.

Un pueblo del que solo se pueden enseñar la caja de ahorros, la casa del médico y el buzón no puede ser un pueblo bonito. Pero está claro que todo eso no era más que un pretexto. Lo que nosotros queríamos era que la gente del pueblo nos viera en ese coche y con ese hombre. Cogimos nuevamente la carretera que llevaba al hostal.

—Y eso es el caserón del muerto —dije.

—¿Cómo dices?

—El caserón del muerto. Así lo llamamos nosotros.

El hombre moreno le echó un vistazo rápido y ni siquiera redujo la velocidad. Eso me extrañó, después de lo que habían dicho mis hermanos.

—¿Quiere que paremos? Es una casa muy grande. Está abandonada y se puede entrar por la parte de atrás.

El hombre negó con la cabeza. Yo me volví a mirar a Rafa y a Juan, y ya nadie dijo nada hasta que llegamos al hostal.

—Es todo muy sospechoso —dijimos después.

—Yo creo que tendríamos que espiarle —propuse.

La idea fue aceptada por mis dos hermanos, y a

la mañana siguiente nos despertamos en cuanto oímos el ruido de sus pasos por la escalera.

—Va a coger el coche —dije yo.

—Ya lo ha cogido. ¿Y ahora dónde va? —dijo Juan.

—A la gasolinera —dijo Rafa—. Se ha parado a poner gasolina.

Corrimos a la ventana que daba a la gasolinera y vimos cómo Socorrito le limpiaba el parabrisas mientras su padre le llenaba el depósito. Esperamos hasta que el Alfa Romeo se hubo marchado y nos pusimos a gritar:

—¡Socorro! ¡Socorrito!

—¡Idiotas! —gritó ella, y nosotros nos echamos a reír.

Aquella mañana tenían que venir la furgoneta de la verdura y la de la carne, y nos quedamos a ayudar en la cocina. Por la tarde, sin embargo, montamos en nuestras bicis y fuimos al caserón del muerto. Desde la carretera no podía verse si estaba o no el Alfa Romeo, y por prudencia decidimos dejar las bicicletas en la higuera que había junto al puente de la acequia. Luego cruzamos un pequeño viñedo y nos metimos en una de las casas abandonadas. A través de un agujero de la pared veíamos toda la parte trasera del caserón del muerto.

—¿Está o no? —preguntó Rafa.

—Voy a ver —dijo Juan.

Volvió al cabo de unos minutos y dijo:

—Está. He visto el coche en el cobertizo. Y lo que

es más importante: he oído ruidos dentro de la casa. Ruidos como de picos y de palas.

—Esto se pone interesante —dijimos Rafa y yo.

Decidimos acercarnos un poco más. En vez de entrar por la verja delantera, preferimos saltar el muro por una parte que hacía años que se había desmoronado. En ese lado del jardín había una vieja pérgola devorada por las zarzas y un caminito que llevaba a una fuente de piedra en forma de cabeza de león.

—Estas moras ya están maduras —dijo Rafa.

—¡Chis! —dijimos Juan y yo.

Entre la fuente y el caserón había unos quince metros. Desde ahí podíamos ya oír los ruidos de los que había hablado Juan. Sí, eran ruidos de golpes, de golpes de pico contra la pared o contra el suelo, los mismos ruidos que hacían los obreros cuando mi padre decidió ampliar el restaurante derribando la pared del almacén. Pero esos ruidos nos llegaban lejanos y como amortiguados.

—¿Os acordáis de aquella vez que me escondí ahí dentro? —preguntó Rafa—. Me metí debajo del hueco de la escalera. A mi lado había una puerta. Bueno, de la puerta ya no quedaba nada, y recuerdo que me asomé y que había unas escaleras que bajaban.

—Sí —dijo Juan—. Son las escaleras del sótano. Pero ahí no se puede ni entrar. Está lleno de murciélagos.

—Pues él ha entrado —dijo Rafa.

Dijo esto y con gesto resuelto echó a andar hacia

el caserón. Juan y yo le seguimos. Si de verdad estaba en el sótano, no corríamos ningún riesgo de ser descubiertos. Rafa se paró junto a una ventana por la que ya en otras ocasiones habíamos entrado.

—No pensarás entrar —dije yo.

—Cobarde —dijo él—. Tienes miedo, ¿verdad?

Sí, estaba bastante asustado. Ahora los golpes los oíamos con nitidez, y eso, fuera lo que fuera, era como para asustar a cualquiera. Pero también Rafa estaba asustado. Lo conocía muy bien y sabía cuándo fingía y cuándo no.

—Si hemos llegado hasta aquí, tenemos que seguir hasta el final —dijo, de todas formas.

—¿A ti qué te parece? —le pregunté a Juan.

Juan se limitó a asentir con la cabeza. Lo comprendo perfectamente: a nadie le gusta que le llamen cobarde. Así pues, estábamos los tres bastante asustados pero ninguno quería reconocerlo. Ahora solo faltaba que uno de los tres se decidiera a entrar.

—De acuerdo —dije—. Hasta el final.

No me quedaba otro remedio después de lo que Rafa me había dicho. Alcé primero una pierna, luego alcé la otra, y permanecí unos segundos apoyado en el marco de la ventana.

—Venga —susurré—. Ahora vosotros.

Estábamos en lo que debía de haber sido el salón principal. Las paredes estaban llenas de desconchados pero en algunas partes se apreciaban aún unas figuras que habían pertenecido a un antiguo fresco: figuras como de pájaros y de flores y de árboles.

—Qué mal huele —dijo Juan—. ¿Por qué se llama el caserón del muerto?

—No lo sé —dijo Rafa—. Las escaleras están por allá.

Señaló un pasillo al que apenas si llegaba la luz exterior.

—Está muy oscuro —dije.

—Tienes miedo —dijo Rafa con una sonrisita desdeñosa.

Sí, tenía miedo, y además era un imbécil por permitir que Rafa volviera a recordármelo. Hube de tomar nuevamente la iniciativa. Avancé hacia el pasillo repitiendo para mis adentros: «Tranquilo, Eduardo, tranquilo. Mientras oigamos el ruido de los golpes no puede pasar nada.» Llegué al pasillo, y ahí me detuve y me volví hacia mis hermanos. Los golpes seguían sonando a mis espaldas. Eso quería decir que de momento todo iba bien. Miré, sin embargo, a mis hermanos y vi cómo se llevaban las manos a la boca y ahogaban un aullido de espanto. Entonces alguien me tocó el hombro y también yo estuve a punto de gritar.

—¡Socorrito...! —susurraron Rafa y Juan, alterados aún.

Nos hizo una seña y la seguimos afuera. Nos sentíamos un poco ridículos. Primero, porque nos había asustado: al fin y al cabo nos apellidamos Bravo y siempre tratamos de estar a la altura de nuestro apellido. Segundo, por haber vacilado tanto antes de meternos donde ella se había metido con aparente tranquilidad.

—¿Se puede saber qué estás haciendo aquí? —le preguntó Rafa, irritado.

—¿Y vosotros? ¿Qué estáis haciendo vosotros? —replicó ella.

—Nosotros estamos espiando —contestó Juan.

—Pues yo también.

—Aquí nadie espía si no es con nuestro permiso —dijo Rafa.

Estábamos de nuevo en el jardín, pero en la parte delantera del jardín. Esa era la parte que daba al camino, y con el paso del tiempo había acabado utilizándose como una especie de vertedero. Junto a la verja se amontonaban bolsas de basura, ladrillos rotos, tuberías oxidadas y neumáticos viejos, y también restos de algún perro muerto. Por ahí seguro que había ratas.

—Seguidme —dijo Socorrito.

Antes la habíamos seguido porque nos había hecho una seña y ahora la seguíamos porque nos lo había ordenado. Socorrito daba las órdenes de un modo tan natural que lo absurdo habría sido no obedecerlas. Nos escondimos todos detrás de un árbol. Allí la vegetación estaba tan crecida que, agachados, no asomarían ni nuestras cabezas.

—Aquí estaremos seguros —dijo Socorrito.

Desde ese sitio veíamos el caserón a nuestra izquierda y la verja a nuestra derecha. El cobertizo con el Alfa Romeo estaba en el camino pero un poco más allá, un poco más hacia la carretera. Los golpes de pico seguían sonando en el interior de la casa.

—Bueno —dijo Socorrito—, ¿habéis descubierto algo?

Socorrito era rubia, o más bien castaña clara, y el flequillo le caía recto sobre las cejas. Tenía las pestañas muy largas y la nariz pelada por el sol.

—¿Algo de qué? —dijo Rafa.

—¿De qué va a ser? ¡Del tesoro!

Mis hermanos y yo intercambiamos una mirada cómplice y luego nos echamos a reír.

—¡El tesoro! —dijimos—. ¡Qué risa!

—¡Pues claro, idiotas! —se enfureció ella—. ¿Qué creéis que está buscando ese hombre?

—Ese hombre es amigo nuestro —replicó Rafa con altivez—. Si hubiera algún tesoro, seguro que nos lo habría dicho.

—Si sois tan amigos, ¿qué hacéis espiándole?

Era lista Socorrito. No era fácil engañarla.

—¡Escuchadme, idiotas! En el sótano de esta casa hay un tesoro enterrado, y ese hombre hace dos días que está buscándolo. ¿Es que no oís los ruidos?

—¡Un tesoro! —dijimos nosotros, y volvimos a reír. No queríamos que se acostumbrara a llamarnos idiotas.

—Mi padre dice que hay gente que vive de eso, de encontrar tesoros —dijo Socorrito sin hacernos caso—. Y también dice que si un hombre lleva tatuajes es que ha estado en la cárcel. Ese hombre lleva una estrella en el brazo izquierdo. No me extrañaría que fuera en la cárcel donde se enteró de lo del tesoro...

Me volví hacia el caserón.

—Un tesoro —dije—. ¿Qué haríamos nosotros con un tesoro?

—Yo ya sé lo que haría —dijo ella—. Le compraría a mi padre un montón de libros. O mejor: le montaría una librería. A mi padre seguro que le gustaría tener una librería. Lo que no le gusta es esto, trabajar en gasolineras y sitios así.

—Yo se lo daría a mis padres para que cerraran el hostal y abrieran otro en una carretera mejor —dije.

—¿Estás loco? —dijo Juan—. Nunca más un hostal de carretera. ¿Y si te ponen otra autovía al lado?

—Es verdad —dijo Rafa—. Lo que tendrían que montar es un taller de motos...

—O una tienda de balones y ropa deportiva —dijo Juan.

—O de animales domésticos —dije yo.

—¡Silencio! —dijo Socorrito.

Nos habíamos desentendido del hombre moreno y del caserón, y desde hacía unos segundos no se oían golpes en el sótano. Nos volvimos todos hacia la entrada y fue en ese momento cuando le vimos aparecer, frotándose las manos y sacudiéndose el polvo de los pantalones. Nos agachamos cuanto pudimos. El hombre pasó a solo un par de metros de donde nosotros estábamos. Luego le vimos sortear las bolsas de basura y los ladrillos rotos y oímos el motor del Alfa Romeo.

—Seguidme —dijo Socorrito, levantándose.

Era la tercera vez que nos daba una orden así y la tercera que obedecíamos. Entramos en el caserón y nos detuvimos ante las escaleras que llevaban al sótano. Socorrito se metió una mano en un bolsillo y sacó un mechero. Lo encendió.

—No pensarás bajar —dijo Rafa.

—Claro que sí —dijo ella—. ¿Tienes miedo?

Me alegré de que se lo dijera.

—No tengo miedo —protestó Rafa—. Lo que pasa es que ese hombre es amigo mío, y yo a un amigo jamás le quitaría su tesoro.

—O sea que tienes miedo —dijo Socorrito, y Juan y yo nos echamos a reír y la seguimos escaleras abajo.

A la luz de aquel mechero no se veía gran cosa, la verdad, pero allí abajo tampoco debía de haber nada que valiera la pena. Aquel sótano era poco más que un cuartucho de unos veinte metros cuadrados, y en él solo encontramos el pico y la pala del hombre moreno y los tres o cuatro agujeros que el hombre moreno había hecho con su pico y con su pala.

—Vámonos —dijo Juan—. Podría ser que volviera.

Yo no dije ni que sí ni que no. Tenía algo de miedo, pero por nada del mundo habría dicho algo que pudiera inducir a pensarlo. No entonces, con Socorrito delante.

—¿Dónde tienes la bici? —le pregunté, ya en el jardín.

—No tengo —dijo ella.

Fuimos a la higuera y Socorrito montó en la rejilla de mi bicicleta. De camino hacia la gasolinera pasamos junto al puente de la autovía.

—¡Mirad! —dijo alguien.

El hombre moreno estaba allí, en el puente. Estaba sentado en el capó del Alfa Romeo y parecía concentrado en la observación del horizonte. Entonces yo me acordé de lo que había dicho el primer día: que le gustaban los paisajes llanos, que le gustaba ver el horizonte en la lejanía... Y me acordé también de algo que había dicho Socorrito y pensé que, si yo hubiera estado en la cárcel, si hubiera pasado una buena temporada encerrado en una celda, seguro que también a mí me gustarían esos paisajes y que me detendría en el puente de la autovía y dejaría que mi mirada se perdiera en el horizonte.

Aquella noche el hombre moreno cenó con nosotros. Mi padre se molestaba todas las noches en montar y desmontar el comedor, grande siempre y más grande aún desde que hizo aquella ampliación que ya he mencionado, y las luces estaban todas encendidas y las mesas todas preparadas, como si fueran a venir muchos clientes: los manteles a cuadros lisos y sin manchas, las servilletas de tela plegadas en forma de abanico sobre los platos con el viejo logotipo del «Hostal Los Pinos Restaurant», las copas y los cubiertos dispuestos en torno a los platos con una exquisitez inútil que solo mi madre y nosotros podíamos apreciar.

—¿Está encendido el rótulo? —solía preguntar mi padre.

Todas las noches, en cuanto nos sentábamos a cenar, mi padre se levantaba y salía al aparcamiento para comprobar si se había acordado o no de encender el rótulo luminoso y si temblaba o se había fundido alguno de los tubos de neón. A mí a veces me daba la impresión de que mi padre desearía haberse olvidado, de que le habría gustado salir al aparcamiento y comprobar que, en efecto, el rótulo estaba apagado. Eso habría justificado en parte la diligencia con que se había aplicado a desmontar sillas, colocar manteles, plegar servilletas en forma de abanico y disponer vajilla y cubiertos, porque habría significado que, de no ser por ese despiste, acaso muchas de esas mesas estarían ocupadas por viajeros llegados al reclamo de aquellas luces: «Hostal Los Pinos Restaurant» en letras negras sobre fondo blanco y dos sencillos pinos de neón verde en cada uno de los lados.

Os decía que aquella noche el hombre moreno cenó con nosotros. Las dos noches anteriores había cenado solo, en una de las mesas pequeñas, como si también él, al igual que mi padre, confiara en la inesperada llegada de unos cuantos grupos numerosos para los que hubiera que reservar las mesas más grandes. Había llegado cuando nosotros ya estábamos cenando, nos había deseado buen apetito y se había sentado ante una de las mesas pequeñas que estaban junto al aparador de los cubiertos y las servilletas: ni tan cerca de nosotros que pudiera parecer indiscreto ni tan lejos de la cocina que nos obligara a hacer largos recorridos para atenderle. Esa era la clase de detalles que mis padres sabían valorar, y a lo mejor fue por eso por lo que no tardaron en sentir un aprecio sincero hacia el hombre moreno. Bueno, por eso y también porque el hombre moreno era su único cliente.

—Buenas noches —le saludó mi padre cuando le vio entrar—. ¿Por qué no nos hace usted el honor de compartir nuestra mesa?

—No querría molestar —dijo él.

—¡Nada! ¡Nada! ¡Usted no molesta nunca!

Ya veis que era un hombre educado. En ninguna de las comidas y cenas anteriores se había olvidado de elogiar los platos de mi madre, especialmente los calamares en su tinta del primer día y los pimientos rellenos del segundo. Aquella noche teníamos pisto.

—¡Exquisito! —dijo él—. ¡Ex-qui-si-to!

Mi madre, complacida, se llevó la servilleta a los labios e hizo con la cabeza un leve gesto de negación. Para conquistar el corazón de mi madre no había nada como elogiar sus platos, y entonces ella solía llevarse la servilleta a los labios y hacer uno de esos gestos con los que trataba de restarse méritos. Otra cosa que también solía hacer era cambiar enseguida de conversación.

—Y sus excursiones, ¿qué tal? —dijo en esta ocasión—. ¿Ha descubierto algo interesante?

El hombre moreno dijo que esa misma mañana había visitado la iglesia románica de Villar de Santa Águeda, que estaba a unos quince kilómetros del hostal, y se entretuvo describiendo algún detalle de su interior.

—Los capiteles son magníficos. Especialmente el de la Adoración de los Magos.

Mi padre carraspeó un poco y preguntó:

—¿Y el retablo? ¿Se ha fijado usted en el retablo que hay detrás del altar?

Mi padre nos echó una ojeada recelosa porque sabía que delante de nosotros no podía hacerse el entendido. El hombre moreno contestó:

—Claro que sí. Un retablo muy curioso pero relativamente moderno...

Habló de las figuras de ese retablo y también de sus colores. Todo lo que decía estaba muy bien y, sin embargo, no había nada en todo aquello que no pudiera encontrarse en cualquier guía de la región. Yo miré a mis hermanos pero ellos no me miraron a mí. Luego mi madre se interesó por sus otras excursiones.

—El castillo —dijo el hombre moreno—. Me acerqué a ver las ruinas del castillo de Viance y...

—¡Nosotros estuvimos hace unos meses! —le interrumpí—. Con el instituto. Con el profesor de historia.

Ahora sí que mis hermanos me miraron. El hombre moreno me sonrió amable y yo proseguí:

—Me acuerdo del guardián del castillo. Era albino. Tenía el pelo tan rubio que parecía blanco. Y las pestañas también, totalmente blancas. ¿Está todavía?

—Sí, sí que está —dijo el hombre moreno—. El guardián albino.

Mis hermanos y yo intercambiamos entonces varias patadas por debajo de la mesa. Estaba claro que mentía. Del castillo de Viance apenas si quedaban unos cuantos montones de piedras viejas. Allí nunca había habido ningún guardián, y mucho menos albino. ¿Por qué mentía el hombre moreno? ¿Qué era lo que trataba de ocultar? Yo pensé que aquel hombre tenía un secreto y que a lo mejor era eso lo que lo hacía tan enigmático y atrayente. Y también pensé que me gustaría tener un secreto y que, si tuviera algo importante que ocultar a los demás, podría muy bien llegar a ser igual de enigmático y de atrayente.

—Y ahora un plato que suele gustar bastante —anunció mi madre con falsa modestia—. Cochinillo al laurel.

—¡Maravilloso! —exclamó el hombre moreno en cuanto probó el primer bocado—. ¡Ma-ra-vi-llo-so!

A la mañana siguiente, cuando salimos a desayunar, nos enteramos de que se había ido. Se había despertado temprano, había pagado su cuenta y se había ido.

—¡Sin despedirse! —dijimos—. ¡Se ha ido sin despedirse!

Nos quedamos un poco decepcionados. Decepcionados no solo porque no hubiera esperado para despedirse de nosotros sino también porque, sin él, aquel verano amenazaba con ser tan aburrido como cualquier otro verano. Cogimos nuestras bicis y nos fuimos a dar una vuelta. Acabamos en el puente de la autovía, viendo los coches pasar bajo nuestros pies a ciento treinta kilómetros por hora. Cuando íbamos a ese puente con mi padre, lo normal era que le oyéramos comentar: «No saben lo que se pierden.» Se refería, por supuesto, al pisto y al cochinillo de mi madre y al resto de sus especialidades, pero yo en ese momento no pensaba en mi padre sino en el hombre moreno. El día anterior lo habíamos visto allí, en ese mismo puente, sentado sobre el capó del Alfa Romeo, observando ensimismado el horizonte. Ahora aquel hombre se había ido, y todo lo que habíamos creído descubrir eran meras figuraciones nuestras.

—¡Adiós! —grité.

Me monté en mi bicicleta y eché a correr hacia la gasolinera. Socorrito estaba sentada en la mecedora de su padre, al lado del surtidor de mezcla para motos, y leía un libro. Me agaché un poco para ver el título.

—*La isla del tesoro* —leí—. Robert Louis Stevenson.

—¿Lo has leído?

—Este no —dije.

Dije «este no» como dando a entender que había leído algún otro libro del mismo autor, pero ni siquiera sabía quién era Robert Louis Stevenson. Socorrito se apartó el flequillo con un movimiento de cabeza. Preguntó:

—¿A qué vienes? ¿A decirme que se ha ido?

—¿Y tú cómo lo sabes?

Ella se encogió de hombros y siguió leyendo. Por algún motivo, su actitud me disgustó.

—Tesoros, tesoros... —dije, desdeñoso—. Esas cosas solo existen en las novelas. ¿Cómo pudiste hacernos creer que aquel hombre era un buscador de tesoros?

No me hizo el menor caso. Yo solté un sonoro bufido pero me arrepentí enseguida. En realidad estaba un poco molesto conmigo mismo por haberle hablado como le había hablado.

—¿No está tu padre? —pregunté.

Siguió sin hacerme el menor caso.

—Si no está tu padre, me quedo. Yo atenderé a los que vengan a poner gasolina y tú podrás seguir leyendo.

Socorrito ni siquiera se movió, se diría que se había quedado petrificada. Yo dejé la bicicleta en un lugar a la sombra y busqué una silla plegable en la que sentarme. La observé. La observé discretamente al principio, sin ningún disimulo después. De hecho, podía mirarla con total libertad, tan abstraída estaba en la lectura de aquel libro, y no me cabe la menor duda de que habría tenido que soltarle algún grito al oído para que se acordara de que me encontraba ahí mismo, a su lado. Si Socorrito no me había hecho caso no había sido por desprecio o venganza. Lo que ocurría era que aquella novela la había absorbido por completo y transportado a otro lugar, no sé muy bien dónde, y que, aunque ella siguiera ahí a mi lado, de algún modo se había ausentado de sí misma y no podía oír mi voz ni sentir mi presencia. Yo entonces no tenía costumbre de leer, y aquel aire suyo de concentración absoluta me maravillaba. ¿Cómo debía de ser aquel libro para que Socorrito se hubiera desentendido por completo de todo lo que la rodeaba? ¿Cómo tenía que ser una persona para que ese libro u otro cualquiera pudiera llevarla a ese estado como de trance? Yo nunca había llegado a sumergirme de ese modo en la lectura de un libro, y un hecho tan simple como aquel hacía que yo en ese momento admirara a Socorrito y la envidiara, que me reconociera inferior y me supiera deslumbrado.

Pero había otra cosa que aún me deslumbraba con más fuerza: su belleza. En todo el rato que pasé a su lado no hice otra cosa que observarla, observar sus rasgos suaves y su pelo rubio o castaño claro y sus pestañas larguísimas y su nariz pelada por el sol. ¿Habéis probado alguna vez a repetir una palabra hasta que pierde su significado? De tanto mirar a Socorrito, me pareció que había algo que perdía su significado, pero ese algo no era ella sino todo lo demás. Si alguien en ese instante me hubiera preguntado cómo tenía que ser una chica para ser una chica guapa, yo me habría limitado a describirla, a describir a Socorrito: ella era entonces para mí la única forma posible de la belleza, y estoy seguro de que ni las chicas más guapas de la televisión y las revistas me habrían hecho cambiar de opinión. La habría descrito, habría descrito a Socorrito tal como la estaba viendo desde mi silla plegable, con aquella expresión arrobada, con aquel aire sereno de felicidad y aquel ensimismamiento, porque había algo en su belleza que era mucho más que simple belleza. ¿Qué tendría que hacer yo para que Socorrito me dedicara alguna vez una expresión idéntica? ¿Tendría acaso que escribir un libro como el de ese hombre, el de Stevenson?

Al cabo de un rato cerró el libro. Habría pasado una hora, quizá dos, desde que me había sentado junto a ella, y en todo ese tiempo nadie se había detenido a poner gasolina.

—¿Qué haces tú aquí?

Me lo preguntó con auténtica sorpresa. Yo me acordé de esos personajes de las películas que se desmayan y luego vuelven en sí y preguntan: «¿Dónde estoy?»

—Estaba esperando a que te lo acabaras —dije—. ¿Me lo dejas?

Socorrito me tendió el libro.

—Pero devuélvemelo —dijo.

Naturalmente que se lo devolvería. Si se lo había pedido era, entre otras cosas, para tener un pretexto para volver a verla. Cogí el libro, lo sujeté a la rejilla de mi bicicleta y me marché sin despedirme.

Esa misma tarde, en cuanto mi padre se sentó junto al ventilador para hacer el crucigrama del periódico y acabar quedándose dormido, nosotros volvimos a salir con nuestras bicis.

—Vamos a ver si todavía sigue ahí —dijo Rafa.

—¿El qué? —pregunté yo.

—El coche —dijo Juan—. Un Renault 5 azul. Lo hemos visto esta mañana al lado de la acequia y tenía aspecto de haber sido abandonado.

—Yo creo que es un coche robado —dijo Rafa.

—Vamos a ver —dije yo.

Los seguí por el camino de los olivares y luego cuesta abajo hasta el viejo y oscuro edificio de la conservera. Ahora la conservera estaba cerrada pero hasta tres o cuatro años antes había funcionado con normalidad. Lo suyo eran los encurtidos en vinagre, particularmente los pepinillos, y casi todos los meses había alguna vez que tenían excedentes y los tiraban a la acequia. Era curioso ver aquellos cientos o incluso miles de pepinillos que bajaban flotando mansamente, como pequeños reptiles, desde la conservera. Entonces nosotros nos metíamos en la acequia y, con el agua por los tobillos, agarrábamos todos los que podíamos y nos los comíamos. Rafa siempre comía bastantes más que Juan y que yo. Un día llegó a comerse setenta y tres pepinillos, y yo creo que habría pasado de los cien si no hubiera sido porque aquel flujo de pepinillos concluyó repentinamente, tan repentinamente como se había iniciado. Pero ya digo que eso era antes, tres o cuatro años antes. Ahora la conservera estaba cerrada, y nosotros la dejamos atrás con nuestras bicis hasta que llegamos a un sitio en el que Juan dijo:

—Allí está.

Nos acercamos al Renault 5 con sigilo, como si creyéramos que el dueño pudiera estar dormido en su interior y temiéramos despertarlo.

—Seguro que es un coche robado —volvió a decir Rafa.

La puerta del conductor no estaba cerrada con llave. La abrimos y echamos una ojeada. Luego abrimos las otras puertas y nos metimos. Encendimos la radio y miramos dentro de la guantera.

—Podría ser que estuvieran las llaves —dije.

Pero no. En la guantera encontramos la documentación del coche, un bolígrafo barato, un mapa de carreteras y un paquete de tabaco con un mechero dentro.

—Winston americano —dijo Juan estudiando el paquete, y luego se puso tres cigarrillos entre los labios y los encendió.

Permanecimos un rato en silencio, aspirando con delectación el humo de nuestros cigarrillos.

—Este coche puede ser nuestro cuartel —dijo Rafa al cabo de un rato.

—Nuestra base de operaciones —dijo Juan—. ¿Otro cigarrillo?

Media hora después nos habíamos fumado todos los cigarrillos del paquete y empezábamos ya a cansarnos de estar ahí metidos, sin nada que hacer salvo eso, estar ahí. Rafa y Juan salieron a remojarse en la acequia y yo me entretuve manipulando la radio. Luego me acordé del libro de Socorrito, que todavía estaba en la rejilla de mi bicicleta, y me dispuse a leerlo.

—Parte primera —leí en voz alta—. El viejo bucanero.

Bueno, el protagonista de *La isla del tesoro* era un chico llamado Jim Hawkins. Sus padres, como los míos, eran los propietarios de una triste posada sin clientes, y un buen día aparecía por ahí el viejo bucanero que daba título a la primera parte. Un hombre enigmático, como enigmático nos pareció desde el principio el hombre moreno del Alfa Romeo. Curioso, ¿verdad? Curioso que hubiera tantas coincidencias entre la historia de Jim Hawkins y mi propia historia, y yo no sé si fueron esas primeras coincidencias las que hicieron que aquel libro me absorbiera como yo nunca creí que un libro podría hacerlo. Me absorbió, de hecho, como por la mañana había absorbido a Socorrito y, durante las dos o tres horas que dediqué a la lectura de esa novela, en ningún momento me preocupó saber si era tarde o temprano, si estaba solo o con gente, si mis hermanos seguían por ahí o se habían ido a hacer carreras con las bicis.

La radio, mientras tanto, seguía encendida pero yo no le prestaba la menor atención. Era una de las emisoras de la provincia, y a mí no me extrañaría que hubieran estado todo ese tiempo comentando la noticia de la tarde: el descubrimiento de un cadáver tiroteado en el edificio de la conservera. Sí, era lo más probable. Debieron de hablar de aquello mientras yo leía, pero *La isla del tesoro* me tenía tan concentrado que ni siquiera me enteré.

Una mano, de golpe, me cogió por un hombro y me sacudió.

—¿Has tocado algo? Ya estás saliendo de ahí...

Me volví. El que me tenía cogido por el hombro era Manolo, el policía del pueblo. Su vieja Vespa 150 estaba a un par de metros, con el motor en marcha, y junto a ella vi a mis dos hermanos, montados en sus bicicletas. Por su expresión comprendí que había pasado algo importante.

—¿No me has oído? Sal de ahí. ¿Has tocado algo?

Salí. Manolo se sentó en el asiento del conductor y echó un rápido vistazo al interior del coche. Cuando vi que se disponía a abrir la guantera me apresuré a decir:

—Nos hemos fumado los cigarrillos.

Manolo me observó como animándome a seguir hablando.

—Eran Winston —dije—. Americanos.

Salió del coche y, sin decir una palabra más, montó en su Vespa y se marchó. Yo corrí junto a mis hermanos.

—Es horrible —dijo Juan—. Tiene un balazo en mitad del pecho.

—Dicen que no ha muerto en el acto... —prosiguió Rafa.

—Que ha muerto desangrado —completó Juan.

Estaban los dos muy excitados, y yo tardé unos minutos en comprender lo que había ocurrido.

—¡Vamos! ¡Síguenos! —me gritaron.

Corrí a mi bicicleta. No tuve ni tiempo de asegurar el libro de Stevenson en la rejilla. Si quería alcanzar a mis hermanos no podía perder ni un segundo. Llevaba, pues, el libro en una mano y sujetaba el manillar con la otra y, cuando por fin tuvimos a la vista el edificio de la conservera, delante del cual había dos jeeps de la guardia civil y una ambulancia y una veintena de vecinos que habían acudido a curiosear, lo que yo pensé fue: «Hace apenas unas horas que hemos pasado por este mismo sitio. Quizá ese hombre todavía estaba vivo. Quién sabe si no nos ha oído pasar y ha tratado de pedir auxilio. Podría ser que nosotros seamos las últimas personas que ha visto en su vida...»

El cadáver estaba dentro del edificio pero muy cerca de la puerta, y desde donde nosotros estábamos podían vérsele los pies. Llevaba puestos unos botines oscuros, cerrados por delante con una cremallera, impropios de un mes tan caluroso como aquel.

—Hay que esperar a que venga el juez para el levantamiento —oí que decía alguien.

Un guardia civil hablaba por la radio del jeep y de vez en cuando hacía gestos en dirección a la gente para que nadie se acercara. Otro se movía entre el grupo de curiosos, haciendo preguntas a unos y a otros. Algunos de los hombres acompañaban luego a ese guardia hasta la entrada, y se les veía echar un vistazo al muerto y decir que no con la cabeza. Luego se reincorporaban al grupo de los curiosos y la gente se arremolinaba en torno a ellos para oírles decir:

—Juro que no había visto a ese hombre en mi vida. Desde luego, no es de por aquí. Una cara como la suya es de las que no se olvidan jamás.

Algo así estaba diciendo Sebastián, el que todas las mañanas nos traía el pan con la furgoneta, cuando noté que alguien volvía a agarrarme del hombro. Era otra vez Manolo, el policía del pueblo. A su lado estaba uno de los guardias civiles, el de las preguntas.

—Este chico ha encontrado el coche —le dijo Manolo.

Yo asentí con la cabeza. No era del todo cierto, pero en aquel momento me gustó que esos hombres ignoraran a Rafa y a Juan y se dirigieran únicamente a mí.

—¿A qué hora ha sido?

Hice un rápido cálculo mental.

—Esta mañana —dije—. No llevo reloj pero no serían más de las once.

El guardia me preguntó también si había notado algo raro y si había tocado alguna cosa y, cuando vi que su interés por mis respuestas empezaba a apagarse, dije:

—Mis padres son los dueños del hostal. Yo los ayudo en el bar y conozco a toda la gente que pasa por aquí...

—¿Cuántos años tienes?

—Quince —dije.

No era verdad, no los cumplía hasta la primavera siguiente. El guardia civil dudó un instante, y luego me preguntó si no me importaría echar un vistazo al muerto.

—Voy —dije.

¿Por qué lo hice? ¿Por qué me ofrecí para hacer una cosa así? Yo nunca antes había visto de cerca un cadáver: esa podría ser una razón. Pero había más razones. Estaba, por ejemplo, el hecho de que aquel muerto en alguna medida me pertenecía: yo había pasado por ahí cuando todavía aquel hombre estaba agonizando y luego me había metido en su coche y lo había ocupado durante algunas horas y había manipulado su radio. Y estaba también el hecho de que me sentía importante así, mientras en compañía del guardia avanzaba en dirección a la puerta de la conservera, sabiendo que en ese momento todos aquellos curiosos podían estar mirándome y haciendo comentarios sobre mí.

El muerto estaba tapado con una tela que le llegaba solo hasta las rodillas. El guardia civil se agachó junto a él y levantó un extremo para que pudiera verle la cara. Sebastián había dicho que aquella era una cara de las que no se olvidaban. Cierto. Era una cara grande, grandísima, como una de esas máscaras de goma con las facciones de algún político o algún personaje de la televisión. Una gran cabeza sin rastro de pelo, completamente redonda, con la nariz rota como las de los boxeadores y en la barbilla una cicatriz que recordaba la tilde de una eñe. Tenía la boca abierta, y en uno de los lados y en el cuello había una gran mancha seca, como si hubiera muerto vomitando sangre. Aguanté solo unos segundos antes de apartar la mirada y negar con la cabeza.

—Lo siento —dije—. No puedo ayudarle.

Cuando salía de nuevo al exterior, vi llegar a Socorrito y a su padre. La saludé con la mano para asegurarme de que me veía en ese momento, saliendo de aquel edificio de ver a un muerto. Mis hermanos corrieron junto a mí para que les describiera lo que acababa de ver.

—¿Cómo es? —me preguntaban—. ¿Tan asqueroso como dicen?

Yo hablé del muerto con frialdad, como si estuviera acostumbrado a ver cadáveres monstruosos y ya nada pudiera impresionarme. Luego busqué con la mirada a Socorrito. En ese momento el guardia que me había acompañado estaba hablando con su padre y, cuando vi que ambos se encaminaban hacia el edificio, corrí a reunirme con ella.

—¿Ya te has enterado? —le dije.

Ella asintió con la cabeza. Yo le hablé de lo que había ocurrido como si una buena parte del protagonismo me perteneciera. En mi narración, la clave de la historia venía a coincidir con el momento en el que Manolo me descubría en el interior del coche abandonado y me agarraba por un hombro.

—El coche... —me interrumpió ella.

—¿Sí? —dije.

—¿Un Renault 5?

—Sí.

—Azul.

—¡Sí!

Socorrito me tenía desconcertado: ¿cómo podía ser que supiera siempre más cosas que los demás? En ese momento llegó su padre, sacudiendo aún la cabeza y dando a entender con gestos que aquel hombre jamás había pasado por su gasolinera. Socorrito se llevó un dedo a los labios y me dijo que luego hablaríamos. Debían de ser casi las nueve. El juez llegó muy poco después, y allí nadie se movió hasta que vimos cómo metían el cadáver dentro de una bolsa que parecía un saco de dormir y cómo lo subían a una camilla y lo introducían en la ambulancia. Luego vimos los dos jeeps y la ambulancia alejándose hacia la carretera, y solo entonces la gente emprendió el camino de vuelta a casa.

—¿Me llevas? —me preguntó Socorrito.

Se sentó en la barra de mi bicicleta y eché a andar hacia la gasolinera.

—Ese hombre... —me dijo—. Me habría fijado en él aunque no hubiera sido el único que se ha parado a poner gasolina. Esa cara, esa ropa de invierno en pleno mes de julio...

—¿Quieres decir que tú eres la única persona que lo ha visto con vida?

—Esta mañana, un rato antes de que tú llegaras.

—¿Y por qué no se lo has dicho a los policías?

Socorrito no contestó a mi pregunta. Se volvió a mirarme con los ojos entrecerrados.

—Te diré más. Se ha parado a poner gasolina, me ha pedido que comprobara la presión de las ruedas y me ha dado una buena propina. Y mientras me daba la propina...

Yo esperé con impaciencia a que concluyera su frase.

—Mientras me daba la propina, me ha preguntado por un Alfa Romeo descapotable con un águila pintada en el capó.

—¡El hombre moreno! —exclamé yo con tal sobresalto que a punto estuve de caer de la bici.

—Yo le he dicho que no sabía, no estaba segura, y él me ha preguntado por su dueño. El tatuaje y todo lo demás...

—El hombre moreno —volví a decir.

En ese momento yo pensé en el libro de Stevenson, que seguía en la rejilla de mi bicicleta. El chico de la novela era, como yo, hijo de los propietarios de una posada sin clientes. A la posada de la novela llegaba un hombre enigmático, igual que al hostal de mis padres había llegado el hombre moreno. Ahora descubría una nueva coincidencia: si el bucanero de la novela había estado esperando la llegada de un marinero con una sola pierna, el hombre moreno había esperado a ese otro, al de la cara inmensa y sin rastro de pelo, al muerto. «Demasiadas coincidencias», pensé, y sin embargo no quise decir nada. Si en ese instante hubiera hablado de Stevenson, seguro que habría acabado devolviéndole el libro, y lo que yo quería era seguir teniendo un motivo para volver a verla.

—Ya estamos —dijo Socorrito, saltando de mi bicicleta—. ¿Cómo terminará todo esto?

Dijo eso y corrió a meterse en su casa.

Aquella noche el bar del hostal se llenó como en su mejor época. Vinieron muchos de los hombres del pueblo y también de otros pueblos de los alrededores, y en algún momento yo creo que llegaron a juntarse hasta cien o ciento veinte personas. Está claro: hacía mucho tiempo que no había habido un asesinato en la zona y todo el mundo quería tener noticias de primera mano. Recuerdo que yo me ocupaba del grifo de la cerveza y que, entre caña y caña, siempre había alguien que se me acercaba y decía:

—Así que lo habéis encontrado vosotros...

Yo, al principio, respondía que no, que nosotros solo habíamos encontrado el coche del muerto, pero pronto me di cuenta de que daba lo mismo lo que mis hermanos o yo pudiéramos decir, porque la versión generalmente aceptada de los acontecimientos nos adjudicaba un protagonismo que nosotros mismos no habríamos osado atribuirnos. Por eso, al cabo de un rato, cuando era otro el que se me acercaba a pedir información, yo ya no decía ni que sí ni que no, pero daba a entender que era cierto todo lo que se contaba.

—No puedes ni imaginarte el aspecto que tenía —le decía—. Con toda aquella sangre saliéndole por la boca...

Juan, mientras tanto, estaba en la otra parte de la barra y Rafa se encargaba de retirar y fregar la vajilla sucia y, por lo que bien pronto pude entender, también ellos acabaron añadiendo a la historia algún detalle de su propia cosecha: que si cuando nosotros llegamos aquel hombre aún estaba vivo, que si habíamos llegado a ver al asesino huyendo a toda velocidad hacia el camino de los olivares...

—¿Es cierto eso? —me preguntó uno.

—¿El qué? —dije yo.

—¿Es cierto que aquel hombre, en su agonía, no paraba de llamar a su madre y que sus últimas palabras fueron: «A esto conduce la maldad»?

—Claro que es cierto —decía yo—. Yo mismo lo oí. ¿Otra cervecita?

Bueno, nosotros decíamos lo que esos hombres querían oír. Con eso no hacíamos daño a nadie y, al mismo tiempo, conseguíamos que se quedaran un rato más y gastaran un poco de dinero que a mis padres no les vendría nada mal. Había que verlos en ese momento. A mis padres, quiero decir. Estaban felices. Mi madre se había encerrado en la cocina a preparar pisto y pimientos rellenos, y de vez en cuando se asomaba para comprobar satisfecha la rapidez con que habían desaparecido las últimas raciones.

—Sigue siendo excelente este pisto —le decían.

—En ningún sitio he probado unos pimientos como estos —le decían también.

Mi padre, mientras tanto, se paseaba entre los distintos grupos de clientes para recabar y transmitir las últimas noticias sobre el crimen. Yo le seguía con la mirada y me divertía comprobar con qué credulidad acogía las novedades y con qué firmeza las reproducía muy poco después. De vez en cuando se acercaba a la barra y nos decía:

—¡Chicos! ¿Os habéis enterado de la última? Resulta que ese hombre ha muerto llorando como un niño pequeño y diciendo: «¡Mamá, mamá!» ¡Sus últimas palabras han sido: «Fui un niño malo y muero como un mal hombre»!

A lo largo de aquella noche circularon varias versiones sobre las verdaderas palabras que había pronunciado aquel hombre antes de morir. Mis hermanos y yo asentíamos con la cabeza, y luego nos mirábamos con la risa en los ojos.

Otra de las cosas que mantenían ocupado a mi padre era la radio. Tenía puesta una de las emisoras de la provincia, y cada media hora subía el volumen para escuchar el boletín de noticias. La información sobre el suceso no había cambiado ni una coma desde el primer boletín, pero eso no impedía que la gente del bar guardara un silencio expectante y luego hiciera los mismos comentarios que otros habían hecho media hora o una hora y media antes.

—Un conocido delincuente, ¿qué os había dicho yo? —decía alguien, porque era esa una de las informaciones que la radio aportaba sobre la identidad del muerto.

—Recién salido de la prisión, ¡como si lo viera...!

—comentaba otro, porque también eso lo habían dicho en la radio.

—Un posible ajuste de cuentas, ¿qué otra cosa podía ser? —opinaba un tercero, porque esa era la primera hipótesis sobre la que estaban trabajando los investigadores.

Luego la gente fue poco a poco despidiéndose, y a eso de las dos pudimos dar la vuelta al cartel de «cerrado». Estábamos ya solos en el bar: mis padres, mis hermanos, yo. Estábamos nosotros solos, y sobre las mesas quedaban platos y vasos sucios, botellas vacías, restos de aquel festejo improvisado. A algunas personas se les había caído la bebida, por lo que buena parte del suelo estaba llena de serrín o cubierta con páginas de periódicos. Había también colillas, servilletas de papel, bolsas vacías de patatas fritas. El aspecto que en ese momento mostraba el bar era realmente lamentable, y sin embargo mi padre no podía ocultar una leve sonrisa. Podía ser que fuera una sonrisa de satisfacción pero a lo mejor no. A lo mejor era una sonrisa nostálgica, como si estuviera recordando los días en que no era infrecuente que el bar del hostal se llenara como esa noche.

—Dejadlo, chicos —dijo—. Mañana tendremos tiempo de sobra para hacer limpieza.

Mis hermanos y yo compartíamos una de las habitaciones del primer piso. La segunda después de la escalera, la que tenía el número 102, porque la 101 era la de mis padres y la 100 era en realidad el cuarto del depósito de agua, al que mi padre le puso aquel número para dar una mejor impresión a los huéspedes. Aquella noche nos echamos en nuestras camas y apagamos rápidamente la luz. Estábamos cansados y teníamos mucho sueño, pero al mismo tiempo seguíamos excitados por los acontecimientos del día y podía ser que tardáramos un buen rato en dormirnos.

—¿Habéis visto lo contentos que estaban todos? —dijo Rafa—. Aquí lo que hace falta es que aparezca un muerto cada dos días...

—¿Quién se ofrece voluntario? —dijo Juan—. Procuraremos que no sufra demasiado.

Mis hermanos no paraban de bromear. Yo me reía de algunos de sus chistes pero me mantenía un poco al margen, incapaz de participar en ese juego que ellos me estaban proponiendo. De algún modo era consciente de que mis hermanos no sabían todo lo que yo sabía. Por ejemplo, no sabían nada de lo que me había revelado Socorrito: que entre el muerto y el hombre moreno había alguna relación, que aquel había preguntado por este en la gasolinera, que tal vez había llegado hasta aquí en su busca... Mis hermanos hablaban de aquel asunto como si nada tuviera que ver con ellos, como si su única relación con todo aquello se limitara al hecho casual de haber encontrado el Renault 5 abandonado. Hablaban, por tanto, como todos aquellos hombres que un rato antes habían estado en el bar, bebiendo cervezas y creyéndose todas las mentiras que nosotros les contábamos, y yo esa noche comprendí que mis hermanos y yo no éramos iguales. Sí, seguíamos siendo hermanos, seguíamos pareciéndonos mucho, con nuestros pelos tiesos y nuestras barbillas afiladas, pero éramos distintos. Algo se había abierto entre ellos y yo, y no se trataba solo del hecho de que yo supiera cosas que ellos ignoraban. Había algo más. Yo había dado un paso que ellos todavía no podían dar.

—¿Por qué estás tan callado? —me preguntaban, entre risas—. ¿Estás dormido?

No, no estaba dormido. Estaba esperando a que se durmieran. Estaba pensando y esperando, y lo que yo pensaba era que debíamos de parecer un poco tontos, yendo los tres siempre juntos en nuestras bicis y gritando a Socorrito desde la ventana hasta conseguir que nos insultara. Pero ahora todo era diferente porque Socorrito y yo sabíamos cosas que nadie más sabía. Porque teníamos un secreto, acaso el secreto que yo andaba buscando, y eso hacía que empezara a verlo todo de una manera nueva, insospechada. Ese secreto debía de ser lo que me alejaba de mis hermanos, pero también lo que me acercaba a Socorrito. Las cosas eran así, y tampoco yo podía tratar de resistirme. ¿Qué podía hacer? ¿Contarles lo que Socorrito me había contado? Sí, podría haberlo hecho, pero no estaba seguro de desearlo y, en todo caso, no habría sido suficiente. ¿Habría tenido que hablarles también del libro de Stevenson y de las raras coincidencias entre la historia de Jim Hawkins y la mía? No, imposible. Seguro que mis hermanos se habrían echado a reír. Esas cosas solo podía compartirlas con ella, con Socorrito.

—¿Estás dormido o no? —volvieron a preguntarme.

—¡Sí! —dije—. ¡Estoy dormido! ¿Queréis callaros de una vez?

Había otros pensamientos que me rondaban por la cabeza. Pensaba, por ejemplo, en el hombre moreno. ¿Había sido realmente él quien había matado al del Renault 5? Si así fuera, ¿por qué lo habría hecho? ¿Cuál era el asunto que tenían entre manos? Y después, ¿se habría marchado o no? ¿Dónde estaría ahora? Eran muchas las preguntas que me hacía, y entre todas esas preguntas hubo otra que acabó abriéndose camino: ¿sabía el hombre moreno que nosotros sabíamos lo que sabíamos? Sí, parece un trabalenguas, pero lo que quiero decir es: ¿sabía aquel hombre que mis hermanos y yo habíamos encontrado el coche del muerto y que Socorrito le había vendido gasolina esa misma mañana y que ella y yo éramos los únicos que podíamos relacionarle con aquel asesinato? Parecía muy improbable y, a pesar de todo, no podía quitarme de la cabeza la idea de que el hombre moreno tenía unos testigos incómodos y de que esos testigos éramos primero Socorrito y después yo. Por un instante se me ocurrió que Socorrito podía estar en peligro.

Hacía unos minutos que mis hermanos habían dejado de hacer chistes.

—Rafa... —susurré.

No obtuve respuesta.

—Juan...

Tampoco entonces oí nada. Estaban los dos dormidos: eso era lo que había estado esperando. Me levanté sin hacer ruido y, para no despertarlos, salí a vestirme al pasillo. Llevaba en una mano el libro de Stevenson. Al bajar por la escalera vi encendidas las luces de la barra. Supuse que era mi padre, que debía de estar contando el dinero de la caja, y tuve que cruzar a oscuras el comedor para salir por la otra puerta, la del hostal.

—Luisa —le oí decir—. ¿Estás ahí? No te puedes imaginar la caja que hemos hecho hoy...

Justo en el momento en que llegué a la puerta vi apagarse el rótulo del hostal. Mi padre subía ya a su habitación y yo esperé un par de minutos antes de echar a andar hacia la casita de la gasolinera. Era una noche sin luna y no había otras luces que las de la autovía, el resplandor lejano de unos faros que aparecían de golpe para desaparecer unos segundos después. Pasó un camión y oí con claridad el ruido del motor. Por la noche la autovía parecía más cercana.

La casita de la gasolinera tenía solo cuatro ventanas, y yo sabía muy bien cuál era la de Socorrito. «Socorrito», pensé, «antes me parecía un nombre ridículo. Ahora, en cambio, lo encuentro bonito.» Cuando llegué a su ventana me pregunté si no estaría haciendo una estupidez, saliendo a esas horas de la noche, rondando una casa ajena con ese aire furtivo de espía o de ladrón.

—Socorrito, Socorro... —probé a decir en voz baja.

Así era muy difícil que ella pudiera oírme, y opté por golpear el cristal con los nudillos. Nada se movió en el interior de la casa.

—Socorro... —dije otra vez, y entonces oí:

—¡Socorro!

Los dos habíamos pronunciado la misma palabra, pero estaba claro que no con el mismo sentido. Socorrito abrió la ventana, me miró y dijo:

—Me has asustado.

—Lo siento —dije—. Venía a devolverte el libro...

Sí, ya sé que sonaba ridículo. A nadie se le ocurriría presentarse en otra casa a las tres o las cuatro de la madrugada solo para devolver un libro. Pero es que decir que había ido allí para asegurarme de que no corría ningún peligro se me antojó de golpe mucho más ridículo. Socorrito cogió el libro y lo miró con algo de perplejidad. Luego se echó a reír.

—¡Socorro, Socorro! —exclamó, imitándome e imitándose—. Menos mal que a mi padre no lo despierta un bombardeo...

Tampoco ella había podido conciliar el sueño. Igual que yo, había estado dándole vueltas a todo aquel asunto. Le planteé algunas de las preguntas que yo mismo me había estado haciendo.

—¿Has oído la radio? —me interrumpió—. La policía cree que se ha tratado de un ajuste de cuentas...

—También han dicho que el muerto acababa de salir de la cárcel —la interrumpí yo a ella.

—¿Y qué es lo que te dije yo del hombre moreno, el del Alfa Romeo? ¿Recuerdas que te hablé del tatuaje? Yo creo que también él ha estado hasta hace poco en la cárcel.

Permanecimos un momento en silencio y luego ella volvió a hablar.

—¿Tú crees que alguna vez lo sabremos? ¿Sabremos alguna vez qué es lo que trajo a esos dos hombres aquí?

—Es una lástima —dije yo—. Por una vez hemos tenido la posibilidad de vivir una aventura, y quizá nunca lleguemos a saber en qué acabará todo esto...

—Una cosa es la vida y otra las novelas —dijo ella.

Hablamos también del libro de Stevenson. Le recordé todas esas coincidencias de las que ya habíamos hablado y mencioné también la que había descubierto unas horas antes, mientras llevaba a Socorrito en la barra de mi bicicleta.

—Ya solo falta otra coincidencia —dijo ella—. La más grande.

—¿Qué quieres decir?

—El tesoro, ¿te imaginas que realmente hubiera un tesoro?

Sonreímos los dos. Socorrito se sentó en el alféizar de la ventana y dejó que las piernas le colgaran fuera de la casa. Llevaba puesto un pijama de chico, con pantalones cortos y un balón de rugby dibujado en la camiseta.

—Me imagino la librería —dijo—. Yo vendería los libros. Soy muy buena vendedora. Y mi padre tendría una habitación detrás, en la trastienda. Podría pasarse las tardes en su mecedora, leyendo...

—Mis padres no, a ellos no les haría mucha gracia eso de vender libros —dije yo—. Una papelería les iría mejor. Una papelería al lado de un colegio. Lo que está claro es que me llevaría a mis padres de aquí, de este hostal sin clientes en este lugar sin futuro.

Entonces Socorrito me tocó el hombro y dijo:

—Espera.

Desapareció dentro de la casa y al cabo de un minuto reapareció vestida con la ropa de esa misma tarde. Me hizo una seña para que la siguiera sin hacer ruido y se encaminó hacia la tienda de la gasolinera. En esa tienda vendían bolsas de hielo y también latas de aceite, ambientadores con olor a pino y cosas así. Nos detuvimos ante la puerta. Socorrito probó unas cuantas llaves hasta que logró abrirla. Yo tendría que haberle preguntado qué era lo que se proponía pero me daba lo mismo. Estaba dispuesto a cualquier cosa con tal de seguir a su lado un rato más.

—Acércame esas pilas —me dijo.

De repente me encontré alumbrando a Socorrito con una linterna, a la vez que ella me alumbraba a mí con otra, y lo que yo pensé en ese momento, a la luz de esas linternas, fue que me gustaría tener muchos secretos que compartir con ella.

—Vamos —dijo, y yo la seguí.

Claro que sí. ¿Cómo no la iba a seguir? No sabía dónde iba, pero intuía que siguiéndola quizá avanzaría al encuentro de uno de esos nuevos secretos. Socorrito, mientras tanto, no cesaba de hablar en voz baja.

—¿Por qué no? —decía—. ¿Por qué no puede haber un tesoro o algo parecido? Nadie mata a otra persona solo porque sí. Seguro que en esta historia está en juego algo de valor, de mucho valor.

Cuando me quise dar cuenta, estábamos ya llegando al caserón del muerto. En las noches oscuras como aquella todo parece distinto. Por mucho que conozcas un camino y los árboles o las zarzas que lo bordean, lo que tú ves en noches así son solo bultos negros, sombras que cuesta reconocer.

—Mejor no encender las linternas hasta que entremos en el caserón —había dicho Socorrito.

El caserón mismo parecía cualquier cosa menos lo que realmente era. Una iglesia, un castillo abandonado: cualquier cosa menos ese viejo edificio en el que estábamos acostumbrados a escondernos y en el que, apenas día y medio antes, nos habíamos metido para espiar al hombre moreno.

—Entraremos por delante... —dije.

Dije eso porque me encontraba un poco desorientado y no estaba muy seguro de poder encontrar a ciegas el sitio en el que el muro se había desmoronado. Abrimos, pues, la verja y enfocamos con nuestras linternas el montón de basura que ocupaba buena parte del camino principal. Si en lugar de enfocar nuestras linternas en esa dirección, hacia delante, las hubiéramos enfocado hacia nuestra derecha, hacia el cobertizo, tal vez habríamos visto que ahora había unas cañas y unas ramas que el día anterior no estaban y que, detrás de esas cañas y esas ramas, se ocultaba un automóvil. Un Alfa Romeo descapotable con un águila pintada en el capó.

Pero ya he dicho que no lo vimos, y lo que hicimos fue pasar con cuidado por encima del improvisado vertedero.

—¿Tú crees que habrá murciélagos? —preguntó Socorrito.

—Ahora no —dije—. Ahora los murciélagos estarán fuera. Pero ratas seguro que hay.

—¡Ratas! —exclamó ella, tensando los brazos y la espalda como si un escalofrío de terror le hubiera recorrido la columna.

—Claro que sí. Grandísimas.

—Pasa tú primero. Si hay algo que no puedo aguantar son las ratas.

Por algún motivo me agradaba que Socorrito estuviera asustada y yo no. Me agradaba notarla por primera vez débil y a mi merced, y en ese momento pensé que no me importaría encontrarme de golpe ante una rata gigante para poder plantarle cara y demostrarle a Socorrito las ganas que tenía de protegerla y cuidar de ella. Las ratas, al fin y al cabo, solo son peligrosas cuando están acorraladas. Yo no habría tenido ninguna dificultad para obligarla a huir y el premio que habría obtenido a cambio me habría hecho completamente feliz. Habría rodeado con mis brazos los hombros de Socorrito y le habría hecho sentir que a mi lado estaba segura, que no tenía nada que temer.

Rodeamos el edificio hasta encontrar la ventana por la que siempre nos colábamos.

—Cuidado —dije—. Puede haber cristales.

Pasé yo primero y luego la iluminé con mi linterna hasta que también ella hubo pasado. Avancé después en dirección al pasillo. Socorrito me seguía a uno o dos metros de mí. También eso me agradaba: el pensar que, si otras veces había sido ella la que llevaba la iniciativa y guiaba, en esta ocasión era al revés. Socorrito me siguió en silencio hasta la escalera que bajaba al sótano. Allí nos detuvimos.

—He oído un ruido —dijo—. Seguro que es una rata.

—Tranquila —dije y, si no hubiera sabido que iba a resultar ridículo, habría añadido también: «No tienes por qué preocuparte. Estás conmigo.»

Empezamos a bajar aquella escalera. Despacio, muy despacio, como si estuviéramos seguros de que allí abajo nos esperaba algo extraordinario y quisiéramos retrasar el instante de descubrirlo. Por prudencia enfocábamos con nuestras linternas los sucesivos escalones, y solo cuando tocamos el suelo con nuestros pies paseamos los dos haces de luz por aquel sitio. Lo primero que vi fueron el pico y la pala, apoyados en la pared como la vez anterior. Lo segundo fueron los hoyos excavados en el suelo: ¿eran cuatro?, ¿cinco?, no habría sabido decirlo. Lo tercero lo vio Socorrito antes que yo.

—¡Mira! —exclamó.

Corrimos hacia ese rincón. Había allá una maleta, una de esas maletas metálicas, de seguridad, que se utilizan para llevar objetos pesados. Estaba tumbada, semiescondida detrás de uno de los montoncitos de cascotes.

—¿Qué te decía yo? —dijo Socorrito, excitadísima—. ¡El tesoro!

Yo estaba tan excitado como ella pero traté de disimularlo con un chiste:

—¿Un tesoro en una maleta? ¿Cuándo se ha visto una cosa igual?

Ella, mientras tanto, la había cogido del asa y trataba de levantarla.

—¡Cuánto pesa! ¡Casi no puedo con ella!

A duras penas consiguió incorporarla. Luego se volvió hacia mí y nos dimos un abrazo.

—¿Te lo imaginas? ¿Te imaginas que ahí dentro hubiera joyas o lingotes de oro o algo así? ¡Seríamos millonarios!

Dimos los dos un grito de alegría y, al levantar los brazos, los focos de nuestras linternas se juntaron en el bajo techo de aquel sótano. El resto del lugar quedó a oscuras por un instante. Luego, de golpe, se iluminó por completo, y no fue ninguna de nuestras linternas la que lo iluminó.

Nos volvimos hacia el lado de la escalera. Una

tercera linterna nos enfocaba desde la pared del fondo. En un primer momento no pudimos ver a la persona que la sostenía. Luego sí, luego dirigimos nuestras linternas hacia ese lado y vimos al hombre moreno. Estaba sentado en el suelo, con las piernas estiradas y la espalda apoyada en la pared. Sostenía con una mano la linterna y con la otra una pistola, y cuando digo que sostenía una pistola quiero decir solo eso: que la tenía en la mano, apoyada en el vientre, sin apuntarnos ni tocar el gatillo.

—Apagad eso —dijo—. Me molesta la luz.

Nosotros apagamos nuestras linternas y él me enfocó con la suya.

—¿Hacéis esto con todos vuestros clientes? —me preguntó.

Yo negué con la cabeza, y él siguió hablando:

—Habéis llegado en el momento oportuno. ¿Cómo te llamas?

—Eduardo.

—Ven, Eduardo, ayúdame a levantarme...

Me acerqué a él. Solo cuando estuve a su lado me di cuenta de que estaba herido. Tenía la camiseta empapada de sangre, sangre ya seca y sangre todavía húmeda que brotaba de su costado izquierdo y brillaba como el estaño a la luz de la linterna. Yo le agarré por el brazo derecho y le ayudé a incorporarse. Él emitió un gemido de dolor y apoyó su antebrazo en mi hombro. Seguía teniendo la pistola en la mano. No nos apuntaba pero tampoco la soltaba. Con la otra mano, la de la linterna, hizo una seña en dirección a la maleta.

—¿Podréis con ella? —preguntó—. Pesa mucho, pero yo creo que entre los dos podréis.

El hombre moreno se quedó apoyado en la pared, al pie de la escalera, mientras yo agarraba la maleta por el asa y la arrastraba hasta donde él estaba. A cada uno de mis tirones aquella maleta respondía con un crujido sordo y metálico. Yo escuchaba ese sonido y escuchaba también el lento jadear del hombre, a quien el simple hecho de alzarse y dar cuatro pasos hasta la escalera parecía haber agotado. El rumor desacompasado de su respiración llenaba todo aquel espacio y se diría que rebotaba entre esas cuatro paredes y que de ese modo se multiplicaba. Pensé que incluso hablar le costaba un esfuerzo sobrehumano y, cuando llegué a su lado, ni siquiera me detuve a preguntar.

—¿Me ayudas? —le dije a Socorrito.

Socorrito salió de entre las sombras y yo le tendí mi linterna para que la sostuviera. Eché a andar escaleras arriba, tirando de la maleta. El roce de su superficie sobre el borde de los escalones producía de vez en cuando un chirrido desagradable. El hombre moreno subía detrás de mí, resoplando como un asmático, y solo cuando llegué arriba me volví a mirar a Socorrito. La oscuridad era absoluta. No podía ver si seguía allí abajo o se había escondido.

—Vamos, Socorrito —dije.

Nadie se movió en el sótano. Supuse que tenía miedo y que en ese momento solo deseaba ocultarse o escapar o simplemente echarse a llorar.

—Te estamos esperando —insistí.

Entonces sí apareció Socorrito, que pasó por delante del hombre moreno y me ayudó a arrastrar la maleta y a sacarla por la ventana. Apenas un instante después, nosotros dos estábamos fuera con la maleta y él estaba dentro con la pistola. La oscuridad era entonces más tenue, y Socorrito y yo nos miramos a los ojos. Podríamos echar a correr y aquel hombre jamás nos habría alcanzado. Podríamos incluso tratar de esconder la maleta, y quién sabe si habría llegado a encontrarla. Pero no era eso lo que yo pretendía, y tampoco creía que ella en el fondo lo pretendiera.

—¿Dónde la llevo?

El hombre moreno hizo una seña en dirección a la verja y salió de la casa. El contacto con el aire exterior pareció reanimarle.

—Trae —dijo—. Ahora creo que podré con ella.

No le dejé. Aunque ya casi me dolían los brazos, prefería llevarla yo. Él pasó a nuestro lado en dirección al cobertizo. Se debía de haber metido la pistola en un bolsillo y con la mano que le quedaba libre se tapaba la herida del costado. Apartamos las cañas y las ramas, y entre Socorrito y yo metimos la maleta en el maletero. El hombre moreno nos miró.

—Adentro —dijo.

Era curioso. Nos apuntaba con la linterna como si la linterna fuera una pistola, y sin embargo con la pistola no nos había apuntado en ningún momento. Cuando se sentó al volante, se la sacó del bolsillo y buscó un sitio donde dejarla. Yo estaba sentado delante, a su lado, y por primera vez me fijé en ella. Era pequeña y plateada y tenía las cachas de un color oscuro, cercano al negro. El hombre moreno la sostuvo un momento en la palma de la mano y luego se la acomodó entre los muslos.

—¿Dónde vamos? —le dije.

Él me miró sin escucharme y arrancó. Recorrimos en silencio uno o dos kilómetros, al parecer en dirección a la autovía.

—Vaya, hombre... —dijo.

No habíamos encontrado ningún coche y ahora, de repente, nos cruzábamos con un jeep de la guardia civil, acaso alguno de los que por la tarde habíamos visto aparcados ante el edificio de la conservera. Nos volvimos los tres y vimos cómo frenaba y cómo daba la vuelta para perseguirnos. El Alfa Romeo era rápido, más rápido que el jeep, y no parecía que pudiéramos tener problemas para dejarlo atrás. La carretera era recta. El hombre moreno pisó a fondo el acelerador. Ciento cincuenta, ciento sesenta... Yo me acordé del primer día, de cuando discutía con mis hermanos sobre si aquel coche podía o no coger los ciento ochenta. Y me acordé también de esa misma mañana, de cómo, al enterarme de la marcha de aquel hombre, había creído que todo iba a ser muy aburrido a partir de entonces. Ahora, sin embargo, estaba en el Alfa Romeo con Socorrito y el hombre moreno, y el hombre moreno había matado a un hombre y tenía una pistola, y la policía nos perseguía en mitad de la noche.

—¡Ciento ochenta! —grité, alzando los brazos e incorporándome para que el viento me golpeara en plena cara.

Al cabo de un rato recuperamos la velocidad normal. Nos metimos por un desvío y luego por otro y otro más. Era imposible que aquel jeep pudiera localizarnos. Sin embargo, estaba claro que pronto nos encontraríamos con más policías y que no siempre sería tan sencillo darles esquinazo. Pero el hombre moreno no parecía preocupado por la policía.

—¿Por qué? —dijo—. ¿Por qué se ha tenido que estropear todo? He dado muchos años de mi vida para poder disfrutar de ese dinero... Tenía por fin todo lo que andaba buscando: la libertad y el dinero. ¿Por qué ha tenido que pasar?

Hablaba solo, como si en lugar de contar los hechos tratara más bien de ordenarlos, de hallar en ellos una explicación.

—Sí, lo que hay en esa maleta no era mío. Pero yo ya he pagado por lo que hice y ahora tenía derecho a cobrármelo. ¿No os parece justo? Todo habría salido bien si no hubiera sido por la codicia... ¿Cómo pudo creer que pretendía quedarme con todo? Yo solo quería la parte que me correspondía. Pero cuando alguien está poseído por la codicia cree que todos los demás también lo están. Sí, llegué un par de días antes que él, pero me quedé a esperarle. ¿Qué le hizo pensar que iba a traicionarle...?

De vez en cuando se callaba y agitaba la cabeza como lamentándose. Luego, de golpe, reanudaba su monólogo donde lo había interrumpido.

—Esta pistola —dijo, dándose unas palmaditas en el muslo—. Esta pistola era suya. A mí nunca me han gustado las armas. A mí solo me gustan los coches... Aquel día, cuando lo del robo, no nos habrían cogido si hubiera conducido yo...

Avanzábamos por carreteras comarcales que yo no conocía. Unos minutos antes habíamos dejado atrás un desvío que llevaba a Villar de Santa Águeda. Ahora pasábamos junto a un cartel que anunciaba el castillo de Viance, el castillo que el hombre moreno nunca había llegado a visitar. Estábamos, por tanto, a más de treinta kilómetros del hostal, y a partir de ahí todos los pueblos que pudiéramos encontrar los conocía solo por referencias. Estábamos fuera de mi territorio, lejos de los lugares que yo podía frecuentar y de la gente a la que podía conocer.

—Él se lo ha buscado —prosiguió el hombre moreno—. Pero la jugada le ha salido mal, y ahora él está muerto y yo no tengo que compartir eso con nadie...

Parecía empeorar por momentos. Sudaba mucho y seguro que tenía fiebre. De vez en cuando daba un respingo, como si le costara mantener la cabeza erguida, y abría mucho los ojos, tratando tal vez de resistirse al sueño. Yo de repente me descubrí pensando que ojalá no nos cogieran, que ojalá consiguiéramos burlar a todos los policías... Y pensaba también que me habría gustado saber conducir y poder decirle algo así como: «Déjame. Yo te relevo. Tú aprovecha para descansar. Lo necesitas.» ¿Y Socorrito? ¿Qué estaría pensando Socorrito? ¿También ella habría querido ponerse al volante? Tal vez no. Tal vez seguía asustada, como cuando salíamos del sótano del caserón. No tendría nada de extraño. Al fin y al cabo, viajábamos en el coche de un asesino, y el asesino tenía una pistola. Me volví a mirarla. Socorrito me dedicó una sonrisa insegura, yo sonreí también.

Avanzábamos a unos setenta u ochenta kilómetros por hora. Luego el hombre moreno levantó el pie del acelerador y el coche fue lentamente perdiendo velocidad hasta detenerse junto a una parada de autobús. Era una de esas paradas típicas de carretera, cercana a un pequeño grupo de casas. Solo un poste, un poste con un letrero, y unas rayas pintadas en el asfalto. Ni siquiera una marquesina o un banco. Unos metros más allá había una señal que avisaba de la proximidad de la autovía. El hombre moreno me miró, me tendió la mano y dijo nada más:

—Gracias.

Yo retuve su mano entre la mía durante unos segundos.

—Si seguimos contigo, seguro que no te dispararán —dije.

Él negó con la cabeza y luego agitó ambas manos como despidiéndose. La sangre brilló en su mano izquierda.

—No estás bien —dije—. Necesitas un médico. En ese estado no llegarás a ningún sitio...

Él volvió a negar con la cabeza. Daba la impresión

de que ya casi no podía hablar. Salí del coche y recliné el respaldo del asiento para que también Socorrito pudiera salir. Antes de hacerlo, se metió la mano en un bolsillo y sacó un pañuelo. Sin decir una sola palabra se aproximó al hombre moreno y envolvió con el pañuelo la mano manchada de sangre. Luego permanecimos los dos de pie junto al coche, mirándole.

—¿Qué decimos si nos preguntan? —dije.

El hombre se encogió de hombros y tragó aire antes de contestar.

—Haced lo que queráis... —dijo muy despacio—. Contadlo todo... Para entonces ya habré llegado...

Se tomó unos segundos para recuperar aliento y añadió:

—Adonde yo voy se llega muy pronto.

Luego nos saludó con la mano y arrancó.

—¡Oye! —grité, pero él no me oyó, y solo entonces me di cuenta de que ni siquiera sabía cómo se llamaba.

Socorrito y yo lo seguimos con la mirada. Vimos cómo dejaba atrás la señal de la autovía y cómo tomaba el desvío siguiente. Apenas unos segundos después el Alfa Romeo se perdería entre el tráfico de la autovía, y tal vez aquel hombre se salvaría. Por una vez agradecí la existencia de esa autovía.

Cuando pasó el primer autobús estaba ya amaneciendo. Viajábamos solos Socorrito y yo. Íbamos sentados en los asientos de atrás y teníamos entrelazados los dedos de las manos.

—He pasado miedo —me dijo—. Mucho miedo.

Me dijo eso y yo me di cuenta de que me estaba mirando como esa misma mañana había mirado las páginas de Stevenson, con el mismo arrobo, el mismo aire ensimismado de felicidad. En ese momento supe que era ella el tesoro que había estado buscando. Y supe también que lo había encontrado.

Nos dimos un beso. Nos dimos un beso muy largo y luego ella se apartó un poco y exclamó:

—¡Bravo!

Nos reímos los dos. Después yo puse cara de miedo y grité:

—¡Socorro!

El autobús nos dejó ante la entrada misma del hostal. Estaban todos despiertos, preocupados. Estaban mis padres, mis hermanos, el padre de Socorrito. Estaban también el policía del pueblo y una pareja de guardias civiles. El jeep de los guardias civiles estaba aparcado en la parte trasera del hostal, en el lugar en el que mi padre había previsto construir algún día una piscina. Mi madre no dejaba de llorar.

2 *La llamada de Socorro*

LA gasolinera cerró a principios de octubre, y yo ni siquiera pude despedirme de Socorrito porque estaba en clase cuando ella y su padre se fueron. Recuerdo que aquel día me paré en la gasolinera a la vuelta del instituto. No era, ni mucho menos, la primera vez que la veía cerrada. Desde que se inauguró la autovía había temporadas en que estaba abierta y temporadas en que estaba cerrada, y todo parecía depender de si el propietario encontraba a alguien dispuesto a trabajar en ella. Los últimos encargados lo habían hecho a cambio de un porcentaje, lo que en aquellos tiempos de escasez explicaba por qué duraban tan poco en el empleo, y yo desde el principio me había temido que Socorrito y su padre, como sus predecesores, fueran a marcharse al cabo de solo un par de meses. No era, pues, la primera vez que la veía cerrada, pero tampoco era como en las ocasiones anteriores. Esta vez ni siquiera se habían molestado en colocar el cartel de SE PRECISA TRABAJADOR. SE OFRECE VIVIENDA. Eso quería decir que la gasolinera cerraba para siempre, y para mí era como si también Socorrito se hubiera ido para siempre.

—¡Socorro, Socorrito! —gritaron desde la carretera.

Me asomé al interior de la tienda. Los expositores estaban vacíos y la cámara de los cubitos había desaparecido. Por el suelo había plásticos, periódicos viejos, cajas de cartón, creo recordar que también una fregona y una escoba. Aquella gasolinera había estado en servicio hasta la tarde anterior, y sin embargo daba la sensación de llevar toda la vida así: abandonada.

—¡Socorro, Socorrito!

Los que gritaban eran mis hermanos. Me gritaban eso porque sabían que estaba enamorado y porque para ellos el amor era todavía algo ridículo.

—¿Queréis que os arree? —me volví hacia ellos—. ¿Queréis que os parta la boca?

Aquello al menos bastó para que se callaran. Monté en mi bicicleta y pedaleé hacia el hostal imaginando a mi espalda las sonrisitas burlonas de Rafa y de Juan. Que sonrieran cuanto quisieran, a mí qué me importaba. Entré por la puerta del bar. Mi padre estaba junto a la caja, haciendo por enésima vez los pasatiempos del periódico.

—Ya se han ido... —dije.

Él se limitó a asentir con la cabeza.

—¿En qué autobús? ¿En el de las doce? ¿Por qué no en el de las once, que tiene parada en la estación?

Ahora mi padre se encogió de hombros, como dando a entender que eso importaba poco: la cuestión era que se habían ido. Para mí, sin embargo, nada que tuviera que ver con Socorrito importaba poco, y lo que de verdad quería saber era si había dejado algo para mí: un papel con sus nuevas señas, un simple mensaje de despedida, cualquier cosa.

Mi padre volvió a concentrarse en sus pasatiempos. Yo sofoqué un bufido de irritación y entré en la cocina a prepararme la merienda. ¿Podía ser que Socorrito no me hubiera dedicado ni un minuto de su tiempo? ¿Que no hubiera pensado ni una sola vez en mí la mañana en que se alejaba de mi lado para irse a vivir quién sabía dónde? La marcha había sido algo precipitada. Su padre la había decidido en los últimos tres o cuatro días, y Socorrito solo me había dicho que tenían intención de establecerse en Barcelona. ¡En Barcelona, con lo lejos que estaba y lo grande que debía de ser! ¿De qué me servía a mí saber que iban a vivir en Barcelona si no tenía una dirección donde localizarla ni un número de teléfono en el que pudieran darme cuenta de su paradero? ¿Podía ser que los adioses que tan rápidamente habíamos intercambiado la tarde anterior fueran los últimos, unos adioses para toda la vida? No, no, no, me repetía a mí mismo, eso seguro que no podía ser. Yo era entonces demasiado joven para una cosa así, demasiado joven para que una despedida pudiera ser definitiva y para siempre.

Los días siguientes a su partida me comporté como los melancólicos enamorados de las novelas antiguas. Dormía poco y mal, me negaba a comer y no había nada en el mundo que pudiera animarme o ponerme de buen humor. Mi madre, preocupada, me preguntaba si me encontraba mejor y yo ni siquiera tenía ganas de contestar. Lo único que aliviaba levemente mi tristeza de entonces eran los largos y solitarios paseos en bici que daba por los alrededores del hostal. Todo en esos paseos me recordaba a ella, a Socorrito. Pasaba por la antigua conservera y me acordaba de cuando encontraron aquel cadáver y luego la llevé en la barra de mi bicicleta. Pasaba por el caserón del muerto y me acordaba de nuestro primer encuentro en aquel sitio y de la posterior aventura con el hombre moreno. Pasaba por cualquiera de las carreteras cercanas y me acordaba de nuestra huida nocturna en el Alfa Romeo descapotable... ¡Pasaba por sitios en los que nunca había estado con Socorrito y me acordaba también de ella, precisamente por eso, porque nunca había estado allí en su compañía y soñaba con estarlo algún día! Ya he dicho que todo, absolutamente todo en esos paseos me recordaba a ella, y su imagen se me hacía presente a todas horas, con su precioso pelo castaño claro y sus largas pestañas y su bonita nariz, que para mí seguía estando pelada por el sol aunque hacía varias semanas que había acabado el verano.

—Come un poco, hijo mío. Te estás quedando en los huesos —me pedía mi madre, que aquellos días cocinaba mis platos favoritos.

—Estoy comiendo —le decía yo, aunque no era cierto porque casi no probaba bocado.

—Pues come más —insistía mi padre, que se sentía obligado a ejercer su autoridad.

—¡Estoy comiendo más! —replicaba yo, malhumorado.

Mis hermanos, al menos, habían dejado de fastidiarme con sus gritos de ¡Socorro, Socorrito!, y yo notaba cómo en sus miradas la burla iba poco a poco siendo sustituida por un sentimiento de perplejidad y de respeto, como si de golpe hubieran descubierto en mí algo nuevo e indescifrable, las huellas de una experiencia que no estaba a su alcance y que por eso mismo admiraban.

—¿Vienes a echar una carrera? —me preguntaban desde sus bicis, y yo negaba con la cabeza:

—Id vosotros. Yo tengo cosas que hacer —aunque luego lo único que hacía era coger mi bici y dar unas cuantas vueltas pensando en Socorrito, en los sitios en los que había estado con ella y en los que no.

Por supuesto, aquello tenía que acabar en algún momento. Y acabó el día en que recibí su primera carta.

—Tienes correo —dijo mi padre sin levantar la vista de la página de pasatiempos—. Carta de Barcelona.

Lo dijo como si aquello fuera lo más normal del mundo, y también mi madre y mis hermanos, que estaban presentes, reaccionaron con naturalidad: cualquiera habría pensado que recibía todos los días decenas de cartas o, mejor dicho, que recibía todos los días decenas de cartas de Barcelona, de Socorrito. La agarré con dedos temblorosos y volví a mi bicicleta. Quería estar completamente a solas cuando la leyera. Quería leerla en un sitio en el que nada ni nadie pudiera distraerme. Me metí por la carretera que llevaba al pueblo y no me detuve hasta llegar al caserón del muerto. Entré en el jardín. Caminé hasta la vieja pérgola y luego hasta la fuente de piedra en forma de cabeza de león. Busqué una piedra en la que sentarme y abrí el sobre.

¿Qué me contaba Socorrito en aquella primera carta? Que Barcelona era una ciudad maravillosa, que había dedicado aquellos días a hacer turismo, que su padre había encontrado trabajo en una editorial. También que había conocido a los hijos de algunos de los nuevos compañeros de su padre y le habían parecido todos muy inteligentes y muy simpáticos, y al leer esto sentí una punzada de dolor y celos. ¿Cuánto tardaría Socorrito en olvidarme, rodeada como estaba de chicos tan inteligentes y tan simpáticos? ¿Y cuánto tardaría en olvidarse de su paso por el pueblo y la gasolinera, viviendo como vivía en la maravillosa Barcelona? Me sentí de golpe como un paleto, un pobre chico que llevaba una vida sin interés en un pueblo sin interés y que nunca tendría nada que contar a una chica como ella. Estaba tan susceptible que ni siquiera su despedida («un beso muy fuerte y muy largo, tan largo como el que nos dimos aquella noche en el autobús») me procuró ningún consuelo y, cuando volví al hostal y pasé ante la atenta mirada de mi familia, lo único que dije fue:

—Esta noche no cenaré. No tengo hambre.

Mi sentimiento de decepción era tan intenso que llegué incluso a pensar en no contestar a aquella carta. Solo después de varias relecturas las cosas empezaron a cambiar: aquellos chicos de Barcelona podían ser muy inteligentes y muy simpáticos pero, de momento, a quien le mandaba ese beso tan fuerte y tan largo era a mí. Contestaría, claro que sí. Contestaría precisamente para que Socorrito me sintiera cercano, enamorado, irresistible, para que de nuevo deseara enviarme un beso como aquel. ¿Por qué no? Yo podía vivir en un pueblo, pero no por eso tenía que ser un pueblerino, y mi carta sería tan interesante, tan deslumbrante, que Socorrito preferiría pasarse la tarde leyéndola y releyéndola antes que paseando con los chicos esos de Barcelona. Cogí bolígrafo y papel y me dije a mí mismo: «¡Ya verás qué carta! ¡Ya verás!»

Por supuesto, pasadas dos o tres horas seguía sentado ante aquella hoja en blanco sin que ninguna idea deslumbrante, interesante y ni siquiera divertida me hubiera venido a la cabeza. Algo parecido me sucedió la tarde siguiente, viernes, y la siguiente. Pasó, de hecho, el fin de semana y nada cambió: seguía siendo incapaz de escribir una sola línea que luego no me pareciera sosa, intrascendente o definitivamente estúpida. ¿Cómo podía ser que en todo ese tiempo no se me hubiera ocurrido nada? ¡A ver si iba a acabar siendo cierto que mi vida pueblerina y aburrida carecía por completo de interés...!

El lunes, por fin, imaginé cuál podía ser el comienzo ideal de aquella carta. Algo así como: «Querida Socorrito: No tenías que haberte marchado del pueblo. ¡Te has perdido lo mejor!» Aquello sonaba bien, muy bien, y seguro que un comienzo como aquel cautivaría su atención. Por desgracia, sin embargo, en el pueblo no había ocurrido nada, absolutamente nada, desde la marcha de Socorrito, y lo siguiente que escribí fue que el hombre moreno, el del Alfa Romeo, había vuelto y me había dicho: «Gracias por tu ayuda, Eduardo. Si no hubiera sido por ti y por tu amiga, no habría podido escapar.» Sí, era mentira pero a esas alturas ya casi daba lo mismo. Releí aquellas frases y deseé que todo aquello hubiera ocurrido de verdad. El resto de la historia salió por sí mismo: un breve tiroteo del que logró salir ileso, el final de la fuga, que me permití adornar con detalles particularmente fantasiosos, y la posterior búsqueda de un amigo de la infancia, médico, la única persona en el mundo que le curaría las heridas sin denunciarle a la policía... Ahora el hombre moreno estaba completamente restablecido y, pasado el peligro, lo primero que había hecho había sido volver al pueblo para saludarme y darme las gracias. «¿No te parece que es un hombre noble y con un gran corazón?», preguntaba yo a Socorrito en uno de los últimos párrafos.

Eché la carta al buzón el martes por la mañana, y el viernes siguiente tenía ya su respuesta. «¡Qué historia! ¡Cómo me habría gustado estar allí!», decía, y luego hacía una lista de todas las cosas que habría preguntado al hombre moreno: cómo había sido el robo y cómo la muerte de su socio, qué experiencias recordaba de su estancia en prisión, si había cometido otros delitos o no, si volvería alguna vez al pueblo o tenía previsto marcharse para siempre al extranjero... «¿Le hiciste tú alguna de estas preguntas? Escríbeme cuanto antes», concluía, y yo eché de menos una despedida como la de la carta anterior.

Eché de menos una despedida así, pero tampoco le di demasiada importancia. Lo importante era que Socorrito había contestado con una prontitud extrema y que sus preguntas expresaban un interés profundo y sincero. «Buena señal», me dije. Mientras pudiera mantener viva su curiosidad, estaba seguro de que nada se rompería entre nosotros, y esa misma tarde empecé a preparar mi nueva carta.

¿Qué podía contarle? ¿Que en una larga y amistosa conversación el hombre moreno me había resumido su vida y confiado algunos de sus secretos? Sí, eso parecía la mejor solución, y esa carta y las tres o cuatro siguientes fueron como los sucesivos capítulos de una biografía imaginaria del hombre moreno. Una biografía que se iniciaba con una infancia desdichada (la madre muerta, el padre alcohólico) y un largo período de reclusión en un centro de menores, y que avanzaba luego por los caminos más trillados de las historias de delincuentes: la adolescencia conflictiva, las malas influencias, el primer robo, la traición de alguno de sus supuestos amigos, los malos tratos sufridos en los sótanos de una comisaría... Después el hombre moreno había intentado apartarse de la senda del delito pero la sociedad le había vuelto la espalda, y la salida a la que finalmente se vio abocado consistió en dar un gran golpe que le permitiera retirarse para siempre de la delincuencia.

¿Cabían más tópicos? Seguramente no, y recuerdo algunas líneas que parecían sacadas de un mal cuento de policías y ladrones: «Una luna de plata se abría paso entre las nubes de plomo cuando el hombre moreno se acercó con sigilo al vigilante y, su corazón a punto de estallar, le asestó un certero golpe de culata que lo derribó al suelo sin sentido.» Luna de plata, nubes de plomo, su corazón a punto de estallar...: ¿cómo podía utilizar expresiones tan vulgares? El caso era, sin embargo, que Socorrito me contestaba siempre a vuelta de correo, y no solo no ponía en entredicho la veracidad del relato sino que me asaeteaba con nuevas preguntas y comentarios que obligaban a trabajar a mi imaginación: que cómo iba vestido el hombre moreno cuando yo lo vi, que si le había quedado alguna cicatriz, que desde cuándo conocía a su socio. A mí esas preguntas y esos comentarios suyos me hacían feliz, y creo que era por dos motivos. Uno, porque demostraban que Socorrito seguía tan unida a mí y tan interesada como el primer día. Y el otro, porque había descubierto en mí mismo unas insospechadas dotes para encandilar a otras personas con el simple fruto de mi fantasía.

¿Querría eso decir que tenía madera de escritor y que acaso en el futuro podría llegar a convertirme en novelista?

El tiempo pasaba y Socorrito y yo nos escribíamos todas las semanas. ¡Si el hombre moreno supiera lo importante que se había vuelto para nosotros...! Llegó sin embargo un momento en que su falsa biografía estaba ya más que completada y era poco o nada lo que me quedaba por contar. Me esforzaba por inventar nuevos detalles que, olvidados y supuestamente rescatados por la memoria, reavivaran la curiosidad de Socorrito, pero todo lo que se me ocurría me sonaba falso y repetitivo (otro asalto y otro enfrentamiento con un vigilante, otra fuga en mitad de la noche), y constataba alarmado que mis cartas eran cada vez más breves y que el interés de ella iba languideciendo al mismo tiempo que mi historia.

Para las vacaciones de Navidad sus preguntas acerca del hombre moreno habían desaparecido por completo. En aquellas cartas me hablaba sobre todo de su padre, de lo contento que estaba con su trabajo en la editorial y la buena consideración que de él tenían sus jefes, de la posibilidad de que uno de esos meses le dieran un empleo de más responsabilidad y se mudaran a un apartamento más espacioso. También de los planes que tenían para esas fiestas, cena en casa de uno de los compañeros de su padre y cotillón en casa de otro, y yo las comparaba con las tristes navidades de mi familia y volvía a sentir la misma punzada de dolor y celos que cuando leí su primera carta.

—¿Qué haces, Eduardo? —me preguntaba mi madre desde el otro lado de la puerta de la habitación.

—Estudiar —contestaba yo, aunque hacía tiempo que había perdido todo interés por los estudios.

Lo que hacía era darle vueltas y más vueltas a mi situación con Socorrito. Me repetía a mí mismo que, sin la historia del hombre moreno, nuestra relación epistolar acabaría extinguiéndose. ¿Para qué seguir escribiéndonos a partir de entonces? ¿Para informarnos mutuamente de las novedades que hubiera en nuestras vidas? ¿Para que yo le dijera que el invierno en el pueblo estaba siendo más frío y desolador que nunca? ¿Para que ella me anunciara que se habían cambiado por fin de apartamento y que su nuevo vecindario era bastante más alegre y distinguido que el anterior? Desde luego no era esa la clase de cartas que yo deseaba recibir.

—¿Qué haces, Eduardo? —me preguntaba mi padre, seguramente enviado por mi madre.

—Estudiar —contestaba yo.

El hombre moreno acabó, pues, desapareciendo de nuestra correspondencia, y Socorrito en sus cartas me hablaba sobre todo de su padre. Me decía que por fin podía dedicarse a escribir, que era lo que siempre había querido hacer, y que en la editorial habían leído algunas páginas suyas y le habían dicho que de ahí podía salir una gran novela. Había empezado también a colaborar en las páginas literarias de un periódico de Barcelona y todas las semanas le mandaban dos o tres libros para hacer reseñas. «¡Jamás habríamos imaginado que las cosas fueran a cambiar tanto!», añadía.

Ahora sus cartas me llegaban con menos puntualidad, y en alguna ocasión tardaba casi dos semanas en responderme. Un día me mandó una simple postal y yo me dije que era el momento de resucitar al hombre moreno. Escribí: «Aunque sé que es una imprudencia, te voy a confiar un secreto. ¡Pero, por favor, no se lo digas a nadie!». Me apetecía compartir un secreto con Socorrito. Me parecía que eso podía volver a unirnos, y ni siquiera me preocupaba que ese secreto tuviera que ser una nueva mentira. Escribí: «Te dije que el hombre moreno había venido a visitarme y darme las gracias. Lo que no te dije es que en realidad había venido para quedarse. Sí, ya sé que suena increíble, pero es verdad. La policía le busca por toda España, y él pensó que el escondrijo más seguro podría estar por aquí, por el pueblo. ¿A que no adivinas dónde está viviendo? En el caserón del muerto. En el mismo lugar en el que su socio y él habían escondido el botín. ¡Pero te repito que no puedes decírselo a nadie! Lo mejor será que, cuando termines de leer esta carta, la rompas o la quemes y que hagas lo mismo con todas las cartas posteriores en las que te hable de él.»

Luego escribí que ella y yo éramos las únicas personas en el mundo que conocíamos su paradero y que ahora podría contarle muchas cosas que hasta entonces, por prudencia, había tenido que callar. Que, por ejemplo, pasaba muchas horas haciendo compañía al hombre moreno y que me había explicado cómo se abrían las cajas fuertes y las cerraduras de seguridad. Que me ocupaba de su manutención, de llevarle libros y revistas, de hacerle todo tipo de recados, y que él retribuía mis servicios con generosidad. Que cuando consiguiera reunir una bonita cantidad se la daría a mis padres para que pagaran algunas de sus deudas... También escribí que, al confiarle ese secreto, sabía que la estaba comprometiendo, pero que esperaba que supiera comprenderme. «Llevaba demasiado tiempo sin poder hablar de esto con nadie», añadí. «Necesitaba tener alguien a quien contárselo todo, y tú eres la persona indicada. ¡Ya lo verás! ¡En las próximas cartas te contaré unas historias verdaderamente increíbles!»

En eso consistía mi plan. Había convertido al hombre moreno en un personaje de ficción y estaba decidido a atribuirle las aventuras más fabulosas. Cualquier cosa con tal de cautivar de nuevo la atención de Socorrito. ¿Y qué aventuras serían esas? Un asalto con helicópteros a la Fábrica Nacional de Moneda y Timbre, la sustitución de un valioso cuadro por una simple fotocopia en color en el Museo Picasso de Barcelona, el robo de un avión de combate de la base aérea de Zaragoza, ¿por qué no el tráfico de bienes robados en la frontera de Suiza...? A mí aquello se me presentaba como un auténtico desafío. Si los otros chicos, los de Barcelona, podían recurrir a la simpatía, la inteligencia o la belleza para conquistar a Socorrito, la única arma de que yo disponía era mi imaginación, mi capacidad o incapacidad para encandilarla con historias de mi invención. ¿No era un desafío muy parecido al que había tenido que afrontar Sherezade, la de *Las mil y una noches,* para conservar la vida?

La nueva carta de Socorrito me llegó enseguida. En ella me decía que su padre se había presentado a un premio de cuentos y que lo había ganado: «¡Eso le puede abrir las puertas de otras editoriales!, ¿no te parece maravilloso?» Sí, me parecía maravilloso pero lo que me intrigaba era por qué en aquella cuartilla no se hacía la menor alusión al hombre moreno. Supuse que el correo se había retrasado y que ella había mandado su carta antes de poder leer la mía. Eso quería decir que dentro de poco, seguramente en uno o dos días, recibiría su respuesta y que para entonces tendría que estar ideando ya las nuevas y apasionantes aventuras del hombre moreno: ¿qué tal el robo en una importante joyería de Nueva York o de París?

Una noche, mientras cenábamos, sonó el teléfono. Se levantó mi madre a contestar.

—Eduardo... —dijo, y por su manera de decirlo supe que solo podía ser ella, Socorrito.

Mi madre esperaba con el auricular en el aire pero yo negué con la cabeza e hice una seña en dirección a la puerta. Descolgaría el teléfono en recepción, donde nadie pudiera escuchar mi conversación.

—¿Sí? —dije, después de tragar saliva.

Del otro extremo de la línea me llegó un sonido amortiguado de coches y de motos. Socorrito o quienquiera que fuese llamaba desde una cabina, y por el momento guardaba silencio.

—¿Sí? —volví a decir.

Tampoco entonces obtuve ninguna respuesta.

—Socorrito, eres tú...

Ahora sí que la oí, pero lo que oí no fue ninguna palabra sino algo así como un sollozo.

—¿Estás bien? ¿Seguro que estás bien? —pregunté.

—Es todo mentira, Eduardo —dijo entonces con la voz entrecortada—. Todo mentira.

Yo pensé que me había descubierto. Ella prosiguió:

—Mi padre trabaja en una editorial, sí. Pero en el almacén, llenando cajas. Y tampoco es cierto que escriba en periódicos ni que haya ganado un premio literario...

—¿Y lo de esos amigos tuyos tan simpáticos? —pregunté.

—Mentira.

—¿Y lo de esas fiestas y esos cotillones? ¿Y lo de mudaros a un apartamento más grande?

—Mentira. Todo mentira.

Hubo entonces una pausa muy larga. Yo no sabía qué decir.

—También yo te he mentido —me decidí al fin—. El hombre moreno no está escondido en el caserón del muerto. De hecho, nunca ha vuelto por el pueblo...

La nueva pausa fue aún más larga que la anterior. Yo pensaba que en cualquier momento la oiría llorar o colgar, y sin embargo lo que acabé oyendo fue una carcajada. Una carcajada al principio tibia, indecisa, pero enseguida clara y potente.

—¿Por qué te ríes? —pregunté desconcertado.

—Porque ya lo sabía —contestó ella, conteniendo la risa—. Desde el principio. Desde la segunda o tercera carta. ¿Cómo podías creer que me tragaría todas esas paparruchas? ¿Y dónde aprendiste a escribir así? —Socorrito entonces ahuecó la voz para recitar—: La luna de plata se abría paso entre las nubes de plomo... ¡Qué horror, Eduardo!

¿Qué tendría que haber sentido yo en ese momento? ¿Remordimientos? ¿Vergüenza? ¿Rencor? Lo que sentí fue alivio, un alivio inmenso, cercano a la felicidad, y de repente me encontré riendo con todas mis fuerzas. Socorrito reía y yo reía, y nuestras risas se avivaban la una a la otra. Yo notaba cómo las lágrimas me nublaban la vista y cómo las piernas me flaqueaban, y la sensación no podía ser más placentera. Luego intenté decir algo y una nueva carcajada de Socorrito me interrumpió, y cuando ella quiso hablar ocurrió lo mismo. Estuvimos así varios minutos, riéndonos nada más, oyéndonos reír.

—Qué estupidos... —suspiró ella al final—. Llamarnos por teléfono para no hacer otra cosa que reír...

—Sí —dije, y ella volvió a guardar silencio y yo añadí—: Te quiero, Socorrito.

Y ella me dijo:

—Te quiero, mentiroso.

Y aquellas palabras suyas fueron las más hermosas que he escuchado en mi vida.

3 *Cita con la fama*

ESTÁBAMOS en el descampado de atrás del hostal, más o menos donde nuestro padre había proyectado construir la piscina y los *bungalows*. Claro que eso había sido años antes, en la época en la que las cosas le iban bien y todavía soñaba con ampliar el negocio. Estábamos, pues, en el descampado cuando nuestra madre asomó la cabeza por una de las ventanas del bar.

—¡Rafa! ¡Teléfono! —gritó.

—¿Quién es? —preguntó él.

—¡De la televisión! —contestó ella—. ¡Eso han dicho!

—¿De la televisión? —preguntó Juan, haciendo un gesto de incredulidad.

Por un momento también a mí me sorprendió. Pero fue solo un momento, porque enseguida me acordé de todo.

—Algún bromista —dijo Rafa, caminando con desgana.

Corrí a alcanzarle y traté de explicárselo antes de llegar al bar. Le dije que no era ninguna broma y que, por favor, se tomara en serio la propuesta que le iban a hacer. Él se paró ante la entrada del bar y dijo:

—Es cosa tuya...

—Venga —asentí—. Coge el teléfono.

—No, si no me dices de qué va.

Abrí la puerta y le empujé hacia la esquina de la barra donde estaba el teléfono. No había nadie más en el bar: solo nuestra madre, que hacía punto en la esquina más alejada, sus ovillos y sus agujas ocupando una de las mesas.

—Sería largo de explicar —susurré—. Y de momento es mejor que nadie se entere...

Se plantó al lado del teléfono y me miró desafiante. Yo le apremiaba por gestos a contestar. Él negó varias veces con la cabeza, pero acabó cediendo a la curiosidad.

—¿Diga? —dijo.

Aunque yo no podía escuchar lo que le decían, tampoco era tan difícil deducirlo: llamaban del programa *Cita con la fama*, habían escuchado su cinta y querían hacerle una prueba, ¿podría estar en Madrid tal día a tal hora...? Mi hermano tapó la boca del auricular y me increpó:

—¡Has sido tú, capullo...! —exclamó.

Yo hice una seña en dirección a nuestra madre y le obligué a bajar la voz. Él repitió:

—Has sido tú. Les has mandado una de mis cintas sin decirme nada...

—Olvídate de eso. Pregúntales si puedo ir contigo. Diles que soy tu hermano mayor.

—Tengo cosas mejores que hacer.

—¿Estás loco? No puedes decir que no...

—¿Que no puedo? Ya lo verás...

Trató de llevarse el auricular a los labios pero yo le sujeté el brazo.

—Hay mucho dinero en premios —dije—. Tal vez sea la solución...

Rafa comprendió a qué me estaba refiriendo y echó un vistazo a nuestra madre, que seguía con sus lanas, ajena a nuestra discusión. Ellos, nuestros padres, seguramente no sabían que lo sabíamos, pero nosostros nos habíamos acabado enterando de que el hostal estaba a punto de ser embargado. Solo una rápida y cuantiosa aportación económica podría paralizar el proceso y aliviar su angustia.

Mi hermano soltó un ruidoso bufido y habló por el teléfono:

—¿Puedo llevar conmigo a uno de mis hermanos?

Le di una palmada afectuosa cuando acabó la conversación.

—A ver, vosotros. Venid aquí y estirad el brazo —nos llamó nuestra madre desde su mesa.

Hizo que nos probáramos la manga que tenía a medio tejer y preguntó:

—¿Quién era?

—Nadie —dijimos—. Una encuesta.

Mi hermano Rafa era un gran imitador de voces. En la escuela se había hecho popular imitando al doctor

Félix Rodríguez de la Fuente, al que, por edad, casi no había tenido oportunidad de ver en la televisión. Con el tiempo había ido incorporando a su repertorio otros personajes de la televisión, como Torrebruno o el teniente Colombo, pero también de la política (el rey Juan Carlos, Felipe González), del cine (Cantinflas) y de la música (Demis Roussos). Su favorito, sin embargo, era Julio Iglesias. Tenía todos sus discos y se sabía todas sus canciones. No solo se las sabía, sino que sabía cantarlas tal como lo hacía el auténtico Julio Iglesias, arrastrando aquí las nasales, haciendo allí un trémolo o un *vibrato*, soltando más allá cierto gritito característico que muy pocos serían capaces de distinguir del original. Había aprendido también a remedar algunos de sus gestos más reconocibles, como mecer la cabeza con los ojos cerrados o darse en el pecho unos golpecitos culpables o sostener el micrófono con flaccidez, y lo hacía con tal gracia y tal destreza que no había fiesta familiar en la que no se le solicitara su habitual numerito.

—¡Vamos, Rafa! ¡Saca al Julito que llevas dentro! —le jaleábamos entre todos, y él no tardaba en arrancarse con, por ejemplo, la primera estrofa de *Gwendolyne:*

—«Tan dentro de mí conservo el calor que me hace sentir...»

Cuando digo fiestas familiares, me estoy refiriendo a los cumpleaños, Nochebuena y poco más, que tampoco es que fueran nada del otro mundo, porque la fiesta consistía en reunirnos los mismos de siempre (nuestros padres y nosotros tres) y comer más o menos lo mismo de siempre. En otro tiempo tenía algún sentido hablar de fiestas familiares, porque esos días eran los únicos en los que nuestros padres desatendían sus obligaciones en el restaurante y el hostal y se sentaban a la mesa con nosotros: eran los únicos días en los que comíamos todos juntos, como una familia normal. Cuando se construyó la autovía y los clientes empezaron a escasear, no hubo ya ningún motivo para que no comiéramos juntos casi todos los días, y entonces las fiestas familiares solo se distinguían de las comidas normales en que, a la hora de los postres, nuestro padre descorchaba una botella de sidra y los demás coreábamos mirando a Rafa:

—¡Julito, Julito! ¡Venga ese Julito! ¡Sácalo ya!

Rafa en esos casos fingía resistirse, pero sabía que no le quedaba más remedio. Aquella fiesta no sería realmente una fiesta mientras no se levantara, agarrara con flaccidez un micrófono imaginario y entonara los primeros versos de *Gwendolyne*, *Un canto a Galicia* o *Por el amor de una mujer:*

—«Por el amor de una mujer he dado todo cuanto fui, lo más hermoso de mi vida...»

Hacía ya un par de temporadas que la televisión emitía *Cita con la fama*, un concurso en el que imitadores de cantantes famosos competían por llevarse alguno de los premios: coches, apartamentos en la playa, contratos multimillonarios. Lo ponían los sábados por la noche y había acabado convirtiéndose en el programa favorito de nuestros padres. Ellos, que durante años habían tenido ocupadas todas las noches (y sobre todo las de los sábados) con las cenas del restaurante, eran ahora incapaces de perderse una sola de las emisiones de *Cita con la fama* y, si por casualidad oían el motor de un coche entrando en el aparcamiento, se miraban con un ligero gesto de disgusto, temerosos de que la aparición de un cliente pudiera interrumpir uno de los pocos momentos de felicidad que tenían a lo largo de la semana: ¡ese coche, que seguramente era el único que se había detenido en todo el día!

Mientras veían el programa no paraban de hacer comentarios chistosos que no variaban demasiado de un sábado para otro:

—La voz no lo sé, pero la nariz, igualita a la de Barbra Streisand.

—¿Carlos Gardel? ¡Ya le gustaría a este tener la planta de Gardel!

—Y esta Marilyn, menudos tacones lleva... Como se caiga de ahí arriba, se mata.

Otro de los comentarios habituales llegaba cuando ya la presentadora despedía el programa entre los aplausos del público.

—Ahí tendrías que estar tú —decían, refiriéndose a Rafa.

Oyéndoles decir esto una semana sí y otra también, era casi inevitable que se me acabara ocurriendo la idea de enviar al programa una de las cintas en las que Rafa se había grabado imitando a Julio Iglesias. Lo hice sin decirle nada porque estaba seguro de que él habría tratado por todos los medios de impedirlo: Rafa en el fondo era muy tímido, siempre ha sido el más tímido de los hermanos, y para superar el nerviosismo que le provocaba actuar en las fiestas escolares necesitaba tomarse antes grandes tazones de tila.

Después de la llamada telefónica sostuvimos una pequeña discusión al respecto.

—¡No puedo hacerlo! —decía—. No es lo mismo cantar en casa o en la escuela que hacerlo en la televisión, delante de no sé cuántos millones de personas.

—Solo te pido que te presentes a la prueba de selección —replicaba yo—. Si te sientes incómodo, lo dejas correr y tan contentos.

—No pierdes nada intentándolo —me apoyaba Juan, al que ya habíamos puesto al corriente de todo.

Entre los dos conseguimos finalmente convencerle, y la única condición que puso fue que nuestros padres no debían enterarse hasta que todo hubiera pasado.

—Muy bien —acepté—. Diremos que vamos al museo del Prado y que esa misma noche estaremos de vuelta.

—¡El museo del Prado! —exclamó nuestro padre con el mismo fervor con el que un amante de la ópera aludiría a la Scala de Milán.

Se metió en la habitación 103, que el desuso había convertido en una especie de trastero, y volvió al poco rato con media docena de libros polvorientos. Dos de ellos formaban parte de una vieja enciclopedia del arte. Los otros cuatro estaban dedicados a Goya, su pintor favorito. Abrió uno, el más grande, por la mitad y dijo, arrobado y solemne:

—*¡Los fusilamientos del 3 de mayo!* ¿No os dais cuenta? ¡Vais a ver uno de los cuadros más importantes de toda la historia del arte! ¡No una copia, no una reproducción, sino el original, el mismo lienzo que Goya pintó con sus propias manos!

Eso dijo, con sus propias manos, como si alguien pudiera pintar un cuadro con las manos de otro, y luego nos leyó unos párrafos que ensalzaban el «dramatismo sin precedentes» de la escena y sugerían la posibilidad de que Goya hubiera visto esos cadáveres u otros muy parecidos en un lugar llamado montaña del Príncipe Pío. Nos enseñó otros cuadros famosos, las dos *Majas*, *La carga de los mamelucos*, un autorretrato, y entre uno y otro se detenía para leernos la opinión de algún crítico o catedrático al que él calificaba de verdadera eminencia, un auténtico sabio en la materia. A nuestro padre siempre le gustó hablar de arte y dárselas de experto, y hubo veces que se pasó de listo y confundió el gótico con el románico o algo así. Pero con Goya era distinto. Goya, ya lo he dicho, era su pintor favorito y conocía su obra mejor que la mayoría de la gente. Nosotros le escuchábamos silenciosos y un poco tristes, pensando que, si la vida se lo hubiera permitido, habría podido dedicarse a leer libros de arte y quién sabe si no habría acabado convirtiéndose en una de esas eminencias, uno de esos sabios a los que él tanto admiraba.

—¡El museo del Prado! —volvió a exclamar, moviendo la cabeza con devoción.

Unos días después, a primera hora de la mañana, cogimos Rafa y yo el autobús de Madrid. Tenía parada en cuatro o cinco pueblos y luego seguía hasta Madrid por la autovía. Mi hermano se quedó dormido nada más sentarse y yo, con la cabeza apoyada en el cristal, mantenía la mirada fija en el asfalto. La autovía: ella era la causa de todo. La causa de que a mis padres les fueran tan mal las cosas y de que Rafa y yo estuviéramos precisamente ahí, en esa autovía que llevaba a Madrid.

Llegamos al estudio de televisión a eso de las once y de repente me di cuenta de que mi hermano estaba temblando.

—¿Estás bien? —le pregunté.

—Un poco nervioso. Nada más.

Nos llevaron al lugar en el que estaban todos los que aspiraban a ser seleccionados para el concurso. Unos hacían pruebas de voz junto a la ventana abierta, otros ensayaban pasos de baile en el pasillo. Cada pocos minutos aparecía una chica que gritaba un nombre.

—¡Rafael Bravo! —oímos al cabo de un rato.

Acompañé a mi hermano a la salita donde se realizaba la preselección.

—¡Ah, tú eres el Julio Iglesias! —le saludó con simpatía uno de los hombres del programa—. Adelante. Cuando quieras.

Rafa tragó saliva y comenzó a cantar. Una mujer que parecía ser la que más mandaba le interrumpió.

—Muy bien —dijo—. Es suficiente. A las cinco haremos un ensayo rápido y enseguida empezaremos a grabar. A las cuatro tienes que estar en maquillaje. Siguiente.

Nos dieron unos vales para comer en el restaurante del estudio. Ahora Rafa estaba relajado y contento. Nos habíamos cruzado con la pareja de presentadores de un popular concurso y también con uno de los hombres del tiempo, y ambos coincidimos en que este parecía más joven al natural y aquellos dos bastante más delgados. Luego hablamos con una señora que imitaba a Montserrat Caballé y con una chica que cantaba como Sinéad O'Connor y que decía que por nada del mundo iba a permitir que le cortaran el pelo.

A las cuatro en punto estaban todos los concursantes aguardando su turno ante la sala de maquillaje. Vimos salir a un Tom Jones algo fondón, una convincente Raffaella Carrà, un Nino Bravo con los dedos cargados de sortijas, unos Beatles con el flequillo hasta las cejas... Estaban todos bastante nerviosos: correteaban, daban saltitos, se frotaban las manos, reían sin motivo. La chica que cantaba como Sinéad O'Connor, además de nerviosa, estaba un poco triste porque al final no había sabido impedir que le raparan la cabeza. Entramos Rafa y yo, y en apenas un cuarto de hora aquel pequeño equipo de modistas, peluqueras y maquilladoras consiguió caracterizarlo como un doble bastante aproximado del auténtico Julio Iglesias. El mismo pelo peinado hacia atrás, el mismo bronceado artificial, la misma forma de vestir, con la corbata más bien clásica y los puños de la camisa sobresaliendo un poco más de la cuenta.

—¡Increíble! —exclamamos los dos ante el espejo.

Entró uno de los ayudantes del realizador.

—¡Rafael Bravo! —dijo—. ¿Preparado para el ensayo?

—Sí, sí...

—¿Estás nervioso? —le susurré.

Él asintió vagamente, y una de las maquilladoras intervino para decir que, si hacía falta, le podían dar un tranquilizante.

—Siempre tenemos. Hay muchos que piden —añadió.

Rafa negó con la cabeza y yo dije:

—Nunca los ha probado, y vete a saber el efecto que podría tener...

—¡Rafael Bravo! —volvió a llamar el de realización.

—Vamos allá —dijo mi hermano, conteniendo la respiración y echando a andar hacia el plató.

Salimos de allí nada más acabar la grabación y llegamos a tiempo de coger el último autobús. A la una y media entrábamos en el hostal y, haciendo el menor ruido posible, abríamos la puerta de nuestra habitación, la número 102.

—¿Chicos? ¿Sois vosotros? —preguntó nuestra madre desde la 101.

A esas horas siempre estaban dormidos, pero aquella noche habían preferido esperar despiertos. Entramos a darles las buenas noches.

—¿Qué? —preguntó nuestro padre—. ¿Qué os ha parecido el museo?

—Impresionante —dijimos.

—¿Verdad que sí? —asintió él con entusiasmo—. Decidme: ¿qué cuadros os han gustado más?

Yo traté de recordar algo de lo que nos había explicado unos días antes y le dije que tenía toda la razón, que Goya era maravilloso, que nos habían deslumbrado los *Fusilamientos*, las *Majas*, *La carga de los mamelucos*... Él se volvía hacia nuestra madre, que estaba medio dormida, y con una sonrisa de satisfacción le preguntaba:

—¿Qué te decía yo? ¿Qué te estaba diciendo? Y vosotros seguid, habladme de otros cuadros...

—Mejor lo dejamos para mañana —dijo Rafa, bostezando.

—Nos morimos de sueño —añadí yo, diciéndoles adiós con la mano.

—Está bien —accedió nuestro padre—. Buenas noches.

Durante toda la semana, en las comidas y en las cenas no se habló de otra cosa que del museo del Prado. Por supuesto, el que hablaba era nuestro padre, que describía este o aquel cuadro famoso y con la mirada solicitaba nuestra aprobación, tal era la autoridad que nos confería nuestra reciente visita al museo. Nosotros nos limitábamos a darle la razón y a repetir con ligeras variantes los mismos comentarios que él hacía sobre todas esas obras inmortales, joyas incomparables, creaciones geniales, etcétera.

Sabíamos que aquello, como muy tarde, acabaría el siguiente sábado por la noche, que era cuando debía emitirse el programa. Llegó ese día y, tal como habíamos previsto, nuestros padres se sentaron a ver *Cita con la fama* en el televisor del bar. Rafa, Juan y yo nos sentamos también, y durante la primera media hora escuchamos entre divertidos e impacientes los comentarios que hacían sobre los primeros concursantes:

—A este Tom Jones tendrían que haberle puesto a régimen...

—¿Y esta chica calva que no hace más que gritar?

La presentadora anunció al siguiente artista, «un Julio Iglesias muy pero que muy joven», pero antes dio paso a la publicidad y nosotros tres intercambiamos una mirada cómplice: se iban a llevar una sorpresa morrocotuda.

—A ver, Juan, el brazo.

Nuestra madre estaba, como casi siempre, concentrada en sus jerséis, y solo de vez en cuando levantaba la vista y prestaba toda su atención al programa. Acabó la publicidad, sonó la sintonía del programa y reapareció la presentadora para anunciar otra vez al jovencísimo Julio Iglesias. El público aplaudió y los focos iluminaron el escenario. Rafa salió de uno de los lados y saludó con dos besos a la presentadora. Vimos a nuestro padre observar con curiosidad a ese Julio Iglesias que le resultaba tan extrañamente familiar. Luego ella le preguntó cómo prefería que le llamaran, Rafa o Rafael, y la boca de nuestro padre fue abriéndose poco a poco hasta quedar casi desencajada. Cuando en la pantalla del escenario proyectaron las imágenes que le habían grabado antes de pasar por la sala de maquillaje, lo único que acertó a decir fue:

—Pero, pero, pero...

Nuestra madre mientras tanto no se había dado cuenta de nada y, cuando por fin todos explotamos en una ruidosa carcajada, ella nos miró sin comprender.

—¿Se puede saber qué os pasa? —preguntó, encogiéndose de hombros.

—¡La tele, ja ja! —dijimos—. ¡Mira quién sale en la tele!

Entonces la que se quedó con la boca abierta y los ojos desorbitados fue ella, nuestra madre. Trató en algún momento de decir algo, pero entre todos la hicimos callar porque ya la orquesta había empezado a tocar y Rafa se acercaba al micrófono imitando a la perfección los medidos contoneos de Julio Iglesias:

—«Hey, no vayas repitiendo por ahí...»

Escuchamos la canción en completo silencio y, cuando terminó, nos pusimos a aplaudir y a lanzar bravos como si nos encontráramos entre el público del plató. Luego llegaron las preguntas: que cómo habíamos podido, que a quién se le había ocurrido, que por qué no les habíamos dicho nada...

—Pero todavía no os hemos preguntado lo más importante —interrumpió nuestro padre.

—¿Qué? —dijo Rafa.

—¿Te has clasificado o no?

Claro que se había clasificado para la siguiente eliminatoria. Nosotros, sin embargo, preferimos mantener el suspense y les hicimos esperar al final del programa, cuando la presentadora rasgaba el sobre con los nombres de los tres ganadores:

—En tercera posición, ¡Raffaella Carrà...! En segunda posición, ¡los Beatles...! Y en primera posición, el vencedor de la noche: ¡nuestro jovencísimo Julio Iglesias!

Volvimos a aplaudir y a gritar y a reír y, cuando hacía ya más de una hora que el programa había terminado, seguíamos todos igual de excitados, hablando de cómo era un estudio de televisión por dentro y de cuáles eran las posibilidades que Rafa tenía de superar también la siguiente eliminatoria y de cuánto tendría que prepararse y ensayar para llegar a la final... Llegó la hora de acostarse y entonces nuestro padre se levantó para darnos las buenas noches y dijo:

—Te felicito, Rafa. De verdad, felicidades. Y sin embargo...

—¿Y sin embargo? —pregunté, intrigado.

Se volvió hacia mí, el mayor de los hermanos:

—O sea que no habéis ido al Prado. No habéis visto ni los *Fusilamientos* ni las *Majas* ni nada de nada.

Muchos en el pueblo habían visto el concurso, y eso convirtió a Rafa en una celebridad local. El bar del hostal empezó a notarlo al día siguiente. Venían del pueblo a felicitarnos y, mientras se tomaban unas cervezas y unos pinchos de tortilla, hacían que mi hermano repitiera por enésima vez el relato de su triunfo televisivo. Venían también de otros pueblos de la comarca. Algunos hasta se quedaban a comer en el restaurante y, después de mucho tiempo, mi madre volvió a preparar algunas de las especialidades que la habían hecho famosa: sus maravillosos pimientos rellenos, su inigualable pisto, su cochinillo al laurel.

La siguiente eliminatoria se celebró unos dos meses más tarde, y en aquella ocasión fue Juan el que acompañó a Rafa a la grabación del programa. Yo acudí a esperarlos a la parada del autobús, y las amplias sonrisas con que me saludaron al bajar por la escalerilla me parecieron suficientemente elocuentes. Rafa imitó a la presentadora de *Cita con la fama:*

—En tercera posición, ¡María Callas...! En segunda posición, ¡Albano y Romina Power...! Y en primera posición, ¡nuestro jovencísimo y requetejovencísimo Julio Iglesias!

El sábado, cuando pusieron el programa por televisión, el bar se llenó como no se había llenado desde que encontraron al muerto de la antigua conservera y los guardias civiles me hicieron entrar para identificar el cadáver. El pueblo entero vino a verlo en el televisor del hostal, y tuvimos que ponernos los cinco detrás de la barra para servir todos los refrescos, vasos de vino, cervezas, tacos de tortilla, raciones de ensaladilla, que nos pedían nuestros paisanos. En un momento dado, oí que mi padre, de pie junto a la caja, le comentaba a Rafa:

—Ganes o no ganes, este premio no nos lo quita nadie.

También a los del pueblo les daba lo mismo que ganara o que no. Lo que ellos querían era estar allí en ese momento, poder ver y tocar a Rafa mientras Rafa salía en la televisión. Parecerá una tontería pero hay que comprenderlos: un pueblo tan pequeño como el nuestro tiene muy pocas oportunidades de sentirse el centro del mundo. Luego, además, se enteraron de que mi hermano había superado esta nueva eliminatoria y el entusiasmo de todos se desbordó.

—¡Rafa a la final! ¡Rafa ganador! —gritaban.

Por supuesto, aquella fiesta no podía acabar sin que todos le pidieran que hiciera su numerito especialmente para ellos.

—¡Está bien! ¡Está bien! —dijo Rafa y, cogiendo

un *chupa-chups* para utilizarlo como micrófono, se subió a la barra y comenzó a cantar una canción de Julio Iglesias, no recuerdo cuál.

—¡Rafa a la final! ¡Rafa ganador! —volvieron a gritar cuando acabó.

A diferencia de las fases anteriores del concurso, la gran final iba a celebrarse en directo, y la productora del programa reservó habitaciones de hotel para todos los participantes. Es decir, para mi hermano y para mí, y para los imitadores de Frank Sinatra, Ana Belén, María Callas, Carlos Gardel, Albano y Romina Power, Joan Manuel Serrat, Michael Jackson, y no sé si cuatro o cinco más. Era un hotel de cinco estrellas. Bajamos a desayunar y nos servimos de todo: beicon, huevo frito, *croissants* rellenos, tarta de queso, yogur, zumo. Cuando vino la camarera a preguntarnos el número de la habitación le enseñamos la llave como si temiéramos que pudiera acusarnos de habernos colado. La chica, que llevaba un bonito uniforme blanco y azul, nos dio las gracias con una sonrisa y se fue.

—Esto sí que es un hotel —susurró Rafa, algo abrumado, y yo comprendí que quería decir: «No como el nuestro, tan modesto.»

Acudimos luego a recepción, donde habíamos quedado que pasarían a recogernos en coche, y un hombre con una americana verde manzana se nos acercó.

—Tú eres el que imita a Julio, ¿verdad? Yo soy

muy amigo suyo —le dijo a mi hermano, tendiéndole una tarjeta.

En ese momento apareció un chófer preguntando por nosotros y tuvimos que despedirnos. Nos metimos en el coche y echamos un vistazo a la tarjeta, que decía: «Ángel Navarro. Agente artístico. Promotor de espectáculos».

Asistimos después a los ensayos de los concursantes. Los que imitaban a Ana Belén y Michael Jackson eran buenísimos y, por si fuera poco, guardaban un gran parecido físico con sus respectivas estrellas. A los auténticos Gardel y María Callas yo nunca los había oído cantar, de modo que no podía saber si sus imitadores eran buenos o no. De los demás, no había ninguno que destacara especialmente, y eso me permitía concebir esperanzas sobre las posibilidades que Rafa tenía de ganar o de llevarse, al menos, alguno de los premios importantes. Le llegó también a él el momento de actuar. Su interpretación de *La vida sigue igual* fue sencillamente soberbia, y de la reacción de la gente que me rodeaba deduje que lo consideraban uno de los favoritos.

A la hora de comer reapareció Navarro, el hombre de la americana verde. Se sentó al lado de Rafa y le dio una palmada en la espalda.

—¡Chico, qué voz! —le felicitó—. ¡Igualita, idéntica! ¡Ni el propio Julio sería capaz de distinguirla!

Estuvo un buen rato hablando de otros artistas importantes a los que, al parecer, le unía una gran amistad. Decía que algunos de ellos no eran nada hasta que él entró en sus vidas. También decía que no quería dar nombres para no comprometer a nadie. Yo suponía que su interés por nosotros (es decir, por mi hermano) tendría que ver con su profesión de agente artístico y, en efecto, no tardó en hablar de un *show* que estaba preparando para el verano.

—¡Va a ser un bombazo! ¡Un auténtico bombazo! —exclamaba.

Su idea consistía en recorrer los principales teatros y salas de fiestas con los mejores imitadores del concurso y unas cuantas estrellas invitadas: estrellas, por supuesto, de fama internacional.

—Ahí es donde entras tú —le dio otra palmada a Rafa—. ¿No lo entiendes?

Rafa negó con la cabeza.

—¡Pues está clarísimo! ¡Julio Iglesias y el mejor de sus imitadores! ¡Julio Iglesias y tú haciendo un dueto! ¿No os dais cuenta? ¡Arrastraría multitudes! ¡Las televisiones se pelearían por los derechos de la gala!

—Pero ¿seguro que él estaría dispuesto...? —objeté.

—¿Quién? ¿Julio? ¡Naturalmente! —contestó, casi ofendido—. ¿No os he dicho que es amigo mío?

Nombró otros artistas a los que pensaba contratar y se extendió en detalles de vestuario, escenografía y repertorio que tenía ya previstos. Llegó también el momento de hablar de dinero y, aunque cuando le pregunté cuánto cobraría mi hermano no llegó a concretar ninguna cifra, luego nos agarró a los dos por los hombros y dijo con voz solemne:

—Estoy hablando de millones. Varios millones.

«¡Varios millones!», pensé yo. En un par de meses podría Rafa ganar lo suficiente para salvar el hostal de nuestros padres. Incluso más, si las cosas iban bien y aquel hombre no mentía. Miré a Navarro con detenimiento y por un momento lo vi como a un ángel protector que el cielo había enviado para tratar de sanear nuestra maltrecha economía familiar. Cuando nos despedimos, volvió a dar una palmada en la espalda de Rafa:

—Chico, vas a entrar en el mundo del espectáculo por la puerta grande.

El coche nos devolvió al hotel, donde estaba previsto que los concursantes descansaran durante casi cuatro horas.

—¡Qué maravilla! —exclamé mientras subíamos en el ascensor—. No solo eres uno de los favoritos, sino que ya te han ofrecido un contrato millonario. ¡Mejor no podían ir las cosas!

Mi hermano asintió con la cabeza y sonrió en silencio. Yo me eché en una de las camas y dormí hasta cerca de las cinco. Cuando desperté, Rafa estaba de pie ante el espejo del cuarto de baño y se observaba a sí mismo con expresión asustada.

—¿Qué te ocurre? —pregunté.

—No puedo. Lo siento, pero no puedo...

—No te irás a echar atrás ahora...

Se tapó la cara con las dos manos y me di cuenta de que le temblaba todo el cuerpo.

—Es lógico que estés nervioso. Pero no te preocupes. Se te pasará enseguida.

—¡No es eso! ¡O, mejor dicho, no solo es eso!

Me miró con los ojos húmedos y permanecimos unos minutos sin decirnos nada. Me bastó, sin embargo, con ver aquel aspecto suyo de total desamparo para comprender que algo había cambiado dentro de Rafa. Lo que hasta ese momento había sido poco más que un juego estaba a punto de convertirse en una profesión. ¡Mi hermano Rafa, profesional del mundo del espectáculo! La perspectiva de un cambio tan radical en su vida le tenía completamente confundido.

—No quiero pasarme la vida imitando a Julio Iglesias —dijo, bajando la cabeza.

Tenía razón. Yo pensé que ni siquiera el hostal de nuestros padres justificaba un sacrificio tan grande y me reproché a mí mismo la atención fervorosa que había prestado a los proyectos de Navarro y a su oferta de millones, varios millones.

—¿Quieres que nos vayamos a casa? —le pregunté.

Él hizo un vago gesto de rechazo y se frotó los brazos.

—Tengo frío —dijo.

No sé si era el frío o los nervios, pero lo cierto es que temblaba como yo pocas veces había visto temblar a nadie.

—Venga, nos vamos —dije—. Dentro de una hora sale un autobús.

—¡No! —exclamó él, casi con rabia—. ¡Lo que se empieza hay que terminarlo!

Vino el coche a buscarnos, y Rafa y yo nos separamos. Él debía participar en el último ensayo y a mí tenían que grabarme deseándole suerte en el concurso y haciendo los clásicos comentarios sobre su facilidad innata para las imitaciones. Luego a mí y a los otros acompañantes nos llevaron a un sitio donde había bocadillos, aceitunas, patatas fritas y latas de bebidas y, cuando quise darme cuenta, era ya la hora del comienzo del programa y yo no sabía si mi hermano habría conseguido dominar su anterior nerviosismo. Intenté localizarle en la sala de maquillaje pero una de las azafatas del programa me lo impidió y me llevó a mi sitio entre el público del plató.

—Solo quiero saber cómo está mi hermano, el que imita a Julio Iglesias...

—No te preocupes —dijo ella—. He estado con él hace un minuto y lo he visto muy tranquilo.

Estaba ya sonando la sintonía del programa y, cuando esta acabó, el regidor se volvió hacia los espectadores y con grandes aspavientos nos dio la orden de aplaudir. Apareció la presentadora vestida de satén rojo y con la ayuda del vídeo hizo un rápido repaso de lo que habían sido las diferentes eliminatorias.

—De modo que hoy tenemos con nosotros a ¡los mejores entre los mejores! —concluyó con aire triunfal.

Salió entonces la primera concursante, la que imitaba a Ana Belén, y el público, tal como estaba previsto, la premió con una sonora ovación. También las actuaciones posteriores (María Callas, Frank Sinatra, Serrat) fueron acogidas con grandes aplausos. Eso hizo que la presentadora comentara:

—Nuestro jurado nunca lo ha tenido fácil, pero está claro que esta vez lo va a tener dificilísimo.

Yo trataba de imaginarme cómo estaría entonces el bar del hostal: mis padres y mis hermanos yendo de un lado para otro con los vasos sucios, la gente del pueblo hablando a gritos y tomando cerveza y tacos de tortilla, algunos de ellos coreando de vez en cuando lo de «¡Rafa a la final! ¡Rafa ganador!» De repente vi que una de las cámaras del plató me enfocaba y me imaginé a los del pueblo pidiendo silencio y diciendo: «¡Ya está, ya le toca!» Pusieron entonces el vídeo en el que yo hablaba de mi hermano y hacía con los dedos el signo de la victoria, y la presentadora dijo:

—¡Con todos ustedes, el jovencísimo Rafael Bravo, nuestro Julio Iglesias particular!

Yo contuve la respiración y supuse que, en el pueblo, también mis padres y mi hermano la estaban conteniendo. ¿Conseguiría Rafa dominar sus nervios? Le vi aparecer por uno de los lados del escenario y acercarse a la presentadora, que le besó en ambas mejillas.

—Hola, Rafael. ¿Estás nervioso?

Mi hermano le dedicó una sonrisa beatífica y parpadeó con lentitud, pero no contestó.

—Sí, ¿verdad? Un poquito nervioso sí que estarás... —insistió ella.

Rafa se encogió de hombros y volvió a parpadear con la misma lentitud. La presentadora miró a la cámara como en demanda de auxilio y preguntó:

—¿Y qué canción nos vas a cantar?

Tampoco esta pregunta obtuvo respuesta. ¿Qué demonios estaba pasando? La presentadora, algo agobiada, leyó unas palabras escritas en una pizarrita:

—*La vida sigue igual.* Es esa, ¿verdad?

Ahora sí pareció que Rafa asentía vagamente, y ella se limitó a desearle suerte y desaparecer. Sonaron los primeros compases de la canción. Algunos pudieron pensar que Rafa, con los ojos cerrados y el micrófono sostenido con languidez, estaba parodiando los gestos más característicos del famoso cantante. Yo, sin embargo, sabía que no era así, y supuse que también mis padres y mi hermano Juan lo sabían. El bar del hostal debía de estar entonces en completo silencio, y sin duda el inicial desconcierto se iba convirtiendo en tensión con cada segundo que pasaba sin que mi hermano alterara su pose estatuaria. La orquesta tuvo que repetir varias veces los mismos compases, y cada vez parecía más evidente que Rafa se había quedado dormido. Sí, se había quedado dormido, de pie, con el micrófono en la mano, delante de las trescientas o cuatrocientas personas que le observaban boquiabiertas en el plató y de otros cinco o seis millones de personas que le estaban viendo por televisión, y yo lo comprendí todo cuando me acordé del tranquilizante que en otra ocasión le había ofrecido una de las maquilladoras.

¡Eso era lo que había ocurrido! ¡Le habían ofrecido un tranquilizante, y él, solo, nervioso, desasistido, no había sabido resistirse y ahora estaba sufriendo su imprevisibles efectos!

De forma un tanto abrupta la presentadora dio paso a la publicidad, y yo corrí al escenario para hacerme cargo de mi hermano, del que unas azafatas tiraban ya en dirección a la sala de maquillaje.

—¡Rafa! —exclamé, dándole un suave cachete—. ¿Estás bien?

Él abrió un instante los ojos y sonrió con placidez. Sí, claro que estaba bien. Bien dormido.

Ahí acabó su carrera artística. Nos fuimos al hotel, donde Rafa durmió como un bendito hasta las diez de la mañana. Antes de coger el autobús de vuelta a casa, decidimos pasar por el museo del Prado. ¿No era eso lo que unas semanas antes habíamos dicho que íbamos a hacer? Vimos los *Fusilamientos*, las *Majas*, *La carga de los mamelucos*. Vimos un montón de cuadros de Goya, de Velázquez, del Greco. Al menos en ese aspecto, nuestro padre podría estar orgulloso de nosotros.

4 *El* sprint *final*

DURANTE la temporada de caza solían venir los domingos por la mañana. El primero en llegar era siempre Menéndez, el más gordo de los dos. A eso de las siete oíamos el ruido inconfundible de su coche, un Renault 5 Turbo con llantas de aleación y alerón aerodinámico. También con un gran adhesivo en la luna trasera que decía: «RALLY». Lo oíamos acercarse a toda velocidad por la carretera del hostal y luego frenar con brusquedad ante la entrada del restaurante. Entonces Menéndez pisaba aún dos veces el acelerador y el motor le respondía con sendos bramidos: brruum, brruum. Y él empezaba a gritar:

—¡Arriba, señores, que ya va siendo hora! ¡Venga, venga!

Sus gritos iban indefectiblemente acompañados de sonoros bocinazos, que solo cesarían cuando alguno de nosotros, desde el interior del hostal, diera señales de vida. Era esa su manera de recordarnos que ahora todo le pertenecía: el edificio de tres pisos con la fachada de ladrillo visto, el rótulo de neón que decía «Hostal Los Pinos Restaurant», el pequeño jardín con un olivo y cinco pinos piñoneros, el espacioso aparcamiento. Ahora todo eso era suyo, suyo y de su socio, y Menéndez seguía dando bocinazos para que las cosas estuvieran claras desde el principio: el que acababa de aparcar el coche era el propietario, y no un viajero despistado que buscara un sitio donde desayunar.

—Ya está aquí ese hijo de... —solía murmurar Juan mientras subía la persiana de nuestra habitación hasta media altura.

Uno de esos domingos, Rafa y yo asomamos la cabeza por el hueco que quedaba libre, y luego también la asomó Juan, que subió por fin la persiana hasta arriba. Estábamos, claro, en pijama, y miramos a Menéndez con expresión torva y desafiante. Él, de pie junto al Renault, volvió a aporrear el claxon a través de la ventanilla. Gritó:

—¡No tengo todo el día! ¡Decidle a vuestro padre que le estoy esperando!

—¡Eres un hijo de puta! ¡Y un ladrón! —le contestó Juan, también a gritos.

Menéndez se agachó, cogió una piedra del tamaño de un puño y se dispuso a lanzarla contra nuestra ventana. Antes de que llegara a hacerlo, se alzó la persiana de la habitación contigua y nuestra madre se apresuró a intervenir:

—¡Espere un momento! Ahora mismo sale mi marido.

Menéndez sostuvo la piedra en la palma de la mano y cabeceó con rencor.

—¿Así es como educan a sus hijos? ¿Permitiéndoles que insulten a la gente? En mi época, si un joven utilizaba un lenguaje así, se le lavaba la boca con jabón...

—¡Ladrón, que eres un ladrón! —volvió a gritar Juan.

La piedra se estrelló en el marco de la ventana en el mismo instante en que nuestras cabezas desaparecían momentáneamente de su vista. Cuando volví a mirar, Menéndez tenía otra piedra en la mano y parecía dispuesto a intentarlo de nuevo. Al final, sin embargo, no se decidió. Hizo un gesto en dirección a la ventana de mis padres.

—Mire, señora —dijo Menéndez, y yo me imaginé a mi madre, en bata y camisón, sacando de algún lado un pañuelo y sonándose los mocos—. Comprendo que para ustedes tiene que ser un mal trago, pero, ¿qué se cree?, también para mí lo es. Entre todos podemos hacer que esto no resulte demasiado desagradable, ¿no le parece?

Oí a mi madre sofocar un sollozo. Para entonces mi padre estaba ya abriendo la puerta. Salió al aparcamiento abrochándose los últimos botones de la chaqueta. Se notaba que había saltado de la cama y que se había vestido precipitadamente. Menéndez le miró con dureza. Luego se volvió hacia la antigua gasolinera, inactiva ya y de apariencia casi fantasmal, y lanzó la piedra por encima del tejadillo.

—¿Lo ha oído? ¿Ha oído cómo me han llamado sus hijos? —le preguntó—. Ahora usted me saldrá con la murga de siempre: necesito más tiempo, deme unos días más de plazo... ¿Me equivoco o no?

—Solo hasta fin de mes. Para entonces ya habremos encontrado algo.

—Pero ¿cómo se atreve a pedirme nada después de lo que he tenido que oír? Le dije que le daba de tiempo hasta el miércoles. Se lo repito: hasta el miércoles. ¡Y ni un solo día más!

—Disculpe a mis hijos —mi padre humilló la cabeza—. Están nerviosos. Toda su vida la han pasado aquí y es lógico que...

Mis dos hermanos y yo lo seguíamos todo desde nuestra ventana. Menéndez nos señaló con el dedo y volvió a gritar:

—¿Veis lo que habéis hecho? ¿Os dais cuenta del favor que estáis haciendo a vuestro padre? ¡Mientras él me pide ayuda, vosotros os dedicáis a insultarme! ¿Cómo queréis que alguien sea generoso en esas circunstancias?

Hizo una pausa, como esperando una respuesta que nunca llegó, y lo que entonces oí fue un nuevo sollozo de mi madre en la ventana de al lado.

—¡Vuestro padre es un buen hombre! —prosiguió Menéndez—. ¡Un hombre honrado y cabal! ¡Y se avergüenza de vosotros! ¿Verdad que sí?

Mi padre notó que Menéndez le miraba y asintió vagamente.

—Se lo ruego —dijo—. Solo hasta fin de mes...

—¡Y solo porque vuestro padre es un buen hombre no os echo ahora mismo de mi propiedad!

En ese momento, un todoterreno azul oscuro pasó por delante del hostal y se paró unos cincuenta metros más allá. Menéndez lo siguió con la mirada. Del automóvil salió Clemente, su socio, y tal vez el hecho de que este se detuviera a observarle desde la distancia influyera en su repentino cambio de actitud. El caso es que agarró a mi padre por la chaqueta de lana y lo zarandeó.

—¡No quiero volverte a oír! —le gritó—. ¿No te das cuenta de que te podría echar ahora mismo y me quedaría tan ancho?

Le soltó dándole un empujón que a punto estuvo de derribarle. Luego, sin molestarse siquiera en dedicarle un último vistazo, se metió en su Renault 5 y arrancó. Unos segundos después frenaba junto al todoterreno de Clemente. Este, a través de una de las ventanillas traseras, acariciaba a sus dos perros cazadores, que no paraban de ladrar. Si el atuendo de Menéndez apenas delataba la actividad a la que iba a consagrar la mañana, el de Clemente podría considerarse un equipo completo de cazador: recias botas de piel, chaleco con cartuchera y hasta un sombrerito de fieltro, cuya pretendida elegancia contrastaba con lo grosero de sus facciones y la brutalidad de sus modales. Abrió la puerta trasera del todoterreno y los perros saltaron afuera y echaron a correr de un lado para otro.

—¡Buenos bichos, buenos bichos! —repetía Clemente con satisfacción.

Desde el hostal podíamos sin dificultades oír sus palabras, y tampoco ellos se molestaban en bajar la voz. De hecho, parecía que todo lo que se decían el uno al otro se lo decían solo para que nosotros lo oyéramos.

—¿Qué? ¿Se van o no se van? —preguntó el recién llegado.

—El miércoles, te dije que el miércoles.

—¡Pero, coño, Menéndez! ¿Por qué el miércoles? ¿No es nuestro? ¿No lo hemos pagado? El juzgado les dio un mes de plazo para que abandonaran el hostal y llegas tú y aún les das unos días más... ¡Míralos, mira a esos cabrones disfrutando de lo que no es suyo!

Nosotros, inmóviles, seguíamos pendientes de lo que esos dos hombres pudieran hacer.

—Qué quieres que te diga —oímos decir a Menéndez—. Me dan lástima.

—Con lástima no se llega a ninguna parte.

—Es un pobre hombre acabado, con mujer y tres hijos. Unos muertos de hambre... —dijo aquel, y yo pensé que con sus palabras, en lugar de defender a mi padre, solo buscaba humillarle un poco más.

Vi a Clemente meter medio cuerpo dentro del vehículo, alargar la mano hacia su escopeta y montarla con gestos rápidos y precisos.

—Lo peor que hay: las mosquitas muertas —comentaba mientras tanto—. ¿Quién te dice que no aprovecharán estos días para hacer algún destrozo?

—¿Qué haces? —preguntó Menéndez al ver el arma, pero sus palabras no sirvieron para frenar a su socio, que se apoyó la escopeta en el hombro y apuntó hacia el tejado del hostal.

—¡Al suelo! —exclamé yo, y desde el suelo oímos el ruido del disparo y las posteriores palabras de Clemente:

—¡Esto, para que se vayan enterando!

Cuando volvimos a asomar la cabeza, el eco de la detonación permanecía todavía en el aire. Los perros, excitados, corrían en torno a los coches y ladraban. Menéndez nos señalaba con una mano.

—Pero ¿estás loco? ¡Podrías haber matado a alguien!

Clemente esbozó una sonrisa feliz, casi infantil. Habló en voz bien alta, para asegurarse de que le oíamos por encima de los ladridos de los perros:

—Un accidente de caza. Esas cosas pasan.

—¡Estás loco! ¡Estás completamente loco!

—Tampoco es para tanto, hombre —le reprendió Clemente, tratando de contener una carcajada—. No te pongas así.

—¿Que no me ponga cómo? —replicó Menéndez, enrabietado—. ¿Eh? ¿Cómo? ¡Venga, dime! ¿Que no me ponga cómo?

—No sé... Así. No te pongas así...

—Pero así, ¿cómo? ¿Cómo? ¿Me lo vas a decir?

El otro volvió a encogerse de hombros. El tono de sus voces era cada vez más áspero, y nosotros presenciábamos aquella discusión con más inquietud que curiosidad.

—¡Que me lo digas! —gritaba Menéndez—. ¿Me estás escuchando? ¡Venga, dímelo de una puta vez!

—¿Qué quieres que te diga?

—¡No te lo repetiré más! ¿Me lo vas a decir o no?

—Pero ¿qué es lo que te tengo que decir? ¡Es que ya no me acuerdo!

Menéndez, sin pensárselo un instante, le arrebató la escopeta, se volvió hacia el hostal y disparó un tiro. Nosotros nos agachamos, los perros ladraron con más fuerza. Cuando volvimos a mirar, Menéndez y Clemente, desafiantes, se observaban en silencio. ¿Qué podía ocurrir? Aquellos hombres se comportaban como dos insensatos, y lo peor de todo era que tenían armas. Yo interrogué a mis hermanos con la mirada, consultándoles lo que debíamos hacer, si teníamos o no que llamar a la policía. Pero no hubo tiempo de nada. De repente, Menéndez soltó una carcajada rotunda, poderosa, y enseguida Clemente se sumó a sus risotadas. Solo al cabo de bastantes segundos les vimos serenarse y reunir las fuerzas necesarias para explicar aquel ataque de risa.

—¡Yo tampoco me acuerdo! —exclamó entonces Menéndez—. ¡Yo tampoco me acuerdo de lo que me tienes que decir!

Mi padre consiguió, de todos modos, unas semanas más de plazo, y visitas como aquella se repitieron los domingos siguientes. El último de esos domingos aquellos dos hombres habían dicho que vendrían solo para vernos marchar, y a primera hora de la mañana habíamos ya formado un montón de cajas, bolsas y maletas junto a nuestra vieja Ford, una pequeña furgoneta que tenía el nombre del hostal en las puertas delanteras y que desde hacía tiempo utilizábamos como vehículo familiar.

—Es raro que no hayan llegado... —dije yo, echando un vistazo a la carretera.

Mi padre se encogió de hombros, abrió la puerta trasera de la Ford y empezó a cargar bultos. Las cajas abajo, las bolsas y maletas encima, cuidando de dejar un espacio para dos de nosotros. El tercero viajaría delante, con nuestros padres, y así quedaría un poco más de sitio para el equipaje. Al fin y al cabo, en aquella pequeña furgoneta teníamos que llevárnoslo todo: nuestras pertenencias de los últimos quince años, nuestra casa, nuestros recuerdos. ¿Podían tantas cosas caber en un lugar tan pequeño como la trasera de una furgoneta? Mi padre terminó de cargar, cerró de un portazo y dijo:

—Ya estamos. Ahora solo faltan las bicis.

Colocamos nuestras bicicletas sobre la baca y las sujetamos con varios pulpos.

—Ahora sí que estamos —dijo entonces mi padre.

Luego se volvió a mirar la fachada del hostal, y yo supe que la suya era una mirada de despedida.

—Son las once y esa gente sigue sin venir —dije.

—Pues mientras no lleguen no nos podemos ir —dijo mi madre—. Tenemos que entregarles las llaves.

Los demás asentimos en silencio, pero todos sabíamos que eso no era más que un pretexto: podíamos dejarles las llaves en cualquier lado y largarnos tranquilamente.

—Entonces ¿qué hacemos? —preguntó mi padre.

—Está claro que esperar —contestó ella.

Volvimos a asentir. Lo que ninguno de nosotros quería era dar el paso decisivo: entrar en la Ford y decir adiós a todo lo anterior, coger la autovía y viajar hacia un lugar llamado Vicálvaro, acudir en busca de ayuda a unos parientes que poco o nada podían hacer por nosotros.

A la una y media, ni Menéndez ni su socio habían dado señales de vida y nosotros seguíamos esperando.

—Tengo hambre —dijo Juan.

—Yo también —dijo Rafa.

Nuestra madre abrió una de las puertas de la Ford y sacó la bolsa con la comida que había preparado para el viaje: bocadillos, empanada gallega y fruta. Nos lo comimos todo y luego seguimos como hasta entonces, esperando, pero estoy seguro de que ahora varios de nosotros nos hacíamos la misma pregunta: ¿y si no venían? Dejé pasar un rato más, exactamente hasta las dos, y dije:

—¿Qué hacemos? ¿Nos quedamos? Para marcharnos siempre estamos a tiempo...

Mi padre se acarició la barbilla pensativo e hizo un gesto en dirección al edificio:

—Voy a llamar a Vicálvaro.

Sus palabras fueron como una orden para nosotros. Corrimos a la furgoneta y abrimos la puerta de atrás, y me atrevería a decir que no tardamos ni diez minutos en sacarlo todo y devolverlo a su anterior emplazamiento en el hostal: mucho menos tiempo en todo caso del que a mi padre le había costado meterlo en el interior del vehículo. No sabíamos si sería por unas semanas, unos días o solo unas horas, pero el caso es que de momento volvíamos a nuestra anterior vida, nuestra vida de siempre.

No aparecieron por la tarde ni tampoco al día siguiente ni al siguiente, y de algún modo dábamos por supuesto que esa situación solo podría alargarse hasta el domingo, pero llegó el domingo y, aunque hubo varios momentos en que creímos oír en la distancia el ruido del Renault 5 de Menéndez, lo cierto es que este nunca apareció y que tampoco lo hizo el otro vehículo, el todoterreno de Clemente.

En el pueblo decían que los habían metido en la cárcel, pero nadie se ponía de acuerdo en el motivo: unos aseguraban que era cosa de drogas y otros que de estafas, aunque también había quien decía saber de muy buena tinta que les habían cogido por dedicarse a la compra-venta de joyas robadas. Lo único en lo que todos estaban de acuerdo era en que se trataba de gente sin escrúpulos, malas personas, verdaderos delincuentes que en muy pocos años y gracias a las mafias de las subastas judiciales se habían convertido en dos de los mayores propietarios de la comarca, y nadie se compadecía de su suerte, si es que de verdad los habían metido en la cárcel.

Los días, mientras tanto, seguían pasando y nosotros seguíamos sin tener noticias de ellos, y poco a poco fuimos despreocupándonos del asunto hasta que llegó un momento en que prácticamente lo olvidamos por completo, como si todo se hubiera arreglado de una forma tan oportuna como milagrosa.

Todo esto ocurría el año en el que mi hermano Juan se preparaba para ser ciclista. Quería ser un buen ciclista, acaso un ciclista profesional. Se lo había tomado muy en serio, y todas las mañanas, mientras los demás seguíamos durmiendo, él cogía su vieja Orbea, despintada y con el manillar forrado de cinta aislante, y hacía treinta o treinta y cinco kilómetros por las carreteras cercanas al pueblo. Después regresaba al hostal y se duchaba, y por la tarde, a la vuelta del instituto, se ponía otra vez la camiseta de Reynolds y el *culotte* negro y salía a la antigua general para seguir entrenando. Pero entonces no estaba solo. Entonces Rafa y yo le ayudábamos.

—Uno, dos, tres..., ya —susurraba yo, consultando mi reloj de la mano izquierda y poniendo en marcha el cronómetro con la derecha.

Mi sitio estaba junto al talud de la autovía, al final de aquellos cinco kilómetros de carretera muerta. Habíamos pintado una raya blanca en el asfalto y sincronizado los segunderos de nuestros relojes. Al cabo de un par de minutos empezaba a distinguir sus figuras, tan pequeñas desde esa distancia como un acento en un folio en blanco, y tenía que pasar otro par de minutos para que los identificara, primero Rafa delante y Juan detrás y luego al revés, Rafa echándose a un lado de la carretera y dejando de pedalear y Juan adelantándole y apurando todas sus reservas de energía en aquellos treinta o cuarenta últimos metros. En el instante en que su rueda delantera cruzaba la línea blanca yo pulsaba el botón del cronómetro y retenía en mi interior una visión global de su cuerpo volcado sobre el manillar, su rostro contraído por el esfuerzo, su boca abierta, sus dientes.

—¿Qué tal? —me preguntaban, sudorosos.

—No está mal. Dos segundos menos que ayer.

Al principio, Rafa y yo nos habíamos turnado para llevar a Juan hasta la meta y lanzar su *sprint*, pero una simple comparación de los tiempos logrados con uno y otro me bastó para renunciar a la bicicleta y optar por el cronómetro. Rafa era, sin duda, bastante más rápido que yo.

—Hay que rebajarlo en otros veinte segundos —añadí.

—Veinte, no —corrigió Rafa—. Por lo menos treinta.

—Pues solo queda un mes hasta la carrera...

—Suficiente —intervino Juan, jadeando aún—. Diez minutos de descanso y lo volvemos a intentar.

Todos los años, para primeros de mayo, se disputaba una carrera de aficionados entre los pueblos de la comarca. El último año se había corrido en la carretera de la presa de Nalón y los anteriores en la subida al castillo de Viance y los alrededores de Villar de Santa Águeda. Aquel año tocaba correr en nuestro pueblo, y esa era una de las razones que habían animado a Juan a prepararse para la prueba. La otra razón eran los premios. Había pequeñas piezas de cerámica local para todos los participantes y diplomas y medallas para los diez primeros clasificados. El ganador, además, se llevaría una bicicleta. Una bicicleta de competición, igual a la de Perico Delgado. Llevaba meses expuesta en una de las salas del ayuntamiento, y mi hermano acudía de vez en cuando a echarle un vistazo y le acariciaba la barra y el sillín como quien acaricia un caballo de su propiedad. ¡Esa bici tenía que ser suya! Dado que se había propuesto participar en pruebas más importantes, era de justicia que así fuera. La necesitaba. Necesitaba esa bici, y para conseguirla solo tenía que ganar una carrera, una simple carrera, y precisamente en su pueblo. ¿Volvería alguna vez a presentársele una oportunidad así? El propio Juan sabía que no, y por eso se había tomado tan a pecho lo de su preparación.

—¿Qué tal? —preguntaron mis hermanos después de aquella segunda intentona.

—Seguimos mejorando —dije—. Habéis arañado otro segundo.

Llegó el gran día, y para entonces Juan había situado su marca personal muy por debajo de la que varios meses antes, cuando comenzó a entrenarse, habíamos considerado óptima.

—Ánimo —le dije—, ¿qué tiene que pasar para que no ganes?

—Muy optimista te veo —replicaba mi hermano, pero yo sabía que él era quien más creía en su propia victoria.

La carrera debía iniciarse delante del ayuntamiento, completar un sinuoso circuito dentro y fuera del pueblo y luego, tras pasar por delante del caserón del muerto, proseguir hacia el hostal, para concluir en la antigua carretera general, la misma en la que Juan había estado entrenándose durante el invierno. En total, un recorrido de poco más de una hora, y si nosotros confiábamos en el triunfo era no solo por el lógico conocimiento del terreno, sino también porque, en una competición de esas características, todo debía decidirse en los últimos metros. Es verdad que entre los ciclistas de la comarca había algunos muy buenos, pero estos eran o grandes rodadores, hombres sacrificados y silenciosos, proclives al antiguo heroísmo de las largas escapadas en solitario, o recios escaladores, curtidos en la resistencia contra el desfallecimiento, acostumbrados a dejarse el alma en las mortales cuestas del Pico de la Serena. Lo que no había era ciclistas como mi hermano, *sprinters* de técnica depurada, velocistas de aérea ligereza, capaces de expulsar en cuatro pedaladas toda la fuerza que han ido acumulando en las decenas de kilómetros anteriores.

En un recorrido como el de aquel día, era fundamental que el pelotón permaneciera unido la mayor parte del tiempo. Un corte inoportuno podía ser fatal para un ciclista como Juan. Por eso, no debía en ningún momento perder de vista a los cuatro o cinco mejores, aquellos que, en el caso de que tal corte llegara a producirse, estarían sin duda en el grupo de cabeza. Tampoco Rafa, por otro lado, podía distraerse, ya que su colaboración era indispensable en la preparación de ese *sprint* tantas veces ensayado. Estas instrucciones y unas cuantas más eran las que yo repetía a mis hermanos en la plaza del ayuntamiento cuando apenas faltaba una hora para el comienzo de la prueba.

El pueblo entero se había congregado en ese sitio, y tampoco eran escasos los aficionados llegados de otros lugares. Como en las fiestas, colgaban guirnaldas y banderitas de colores de todos los balcones, y en unas casetas con anuncios de Crecs, Kas y Festina unas chicas con pantalones muy cortos y gorrita amarilla regalaban viseras de cartulina y llaveros con propaganda. Con aire satisfecho, el alcalde paseaba de un lado para otro del brazo de Odalys, su mujer, una mulata guapetona a la que había conocido durante unas vacaciones en Cuba y que dentro de un rato tendría el honor de cortar la cinta de salida. Por la megafonía del ayuntamiento sonaban desde primera hora de la mañana canciones que habían estado de moda tres o cuatro años atrás. Luego la música cesó y desde la camioneta de la organización un hombre con un altavoz empezó a leer la lista de los participantes y sus localidades de procedencia.

Cada vez que aquel hombre citaba nuestro pueblo, el aplauso era tan ruidoso y prolongado que impedía escuchar bien los dos o tres nombres siguientes. Les llegó el turno a mis hermanos, y todos los que se encontraban a su lado se acercaron a animarlos y darles palmadas en la espalda.

—¡Venga, chavales! ¡A ver si nos dejáis en buen lugar!

Estaban ya a punto de cerrar al tráfico las calles del pueblo cuando me despedí. No dije nada: me limité a hacer con los dedos la señal de la victoria. Luego monté en mi bici y corrí a buscar sitio junto a la meta, situada al final de la antigua carretera, a unos quinientos metros del talud de la autovía. Allí la expectación era inferior. Había un coche de la Cruz Roja, otro de la organización y una furgoneta que vendía botellines de agua fresca y bocadillos de jamón y queso. Por los alrededores, un grupo de niños celebraba su particular carrera ciclista mientras los adultos, no más de treinta, aprovechaban para tomar el sol sobre la hierba crecida.

—¿Han salido con puntualidad?

Las únicas noticias que allí se podían obtener sobre el desarrollo de la carrera eran las que de vez en cuando proporcionaban los empleados de la organización, que se comunicaban con sus colegas de la plaza por medio de *walkie-talkies.*

—A su hora —me contestó uno de ellos.

Tampoco me pareció, sin embargo, que aquellos hombres tuvieran muchas ganas de hablar, de modo que decidí limitarme a esperar, calculando mentalmente el tiempo que faltaba hasta ver aparecer a los primeros ciclistas al final de aquella recta larguísima. ¿Y cómo sería ese momento? ¿Distinguiría a un grupito de escapados entre los que sin duda no estarían mis hermanos o, por el contrario, se adivinaría en la lejanía la masa compacta y oscura del pelotón? Cuando faltaba poco más de un cuarto de hora para la conclusión de la prueba, el número de espectadores había crecido de forma considerable. Casi todos procedían de las casas nuevas del otro lado de la autovía. De los que antes habían estado en la plaza no creo que hubiera muchos: las calles seguían cerradas al tráfico, y el pueblo estaba demasiado lejos para venir a pie.

Pasaron unos minutos, y los empleados de la organización, repartidos por diferentes puntos a lo largo de las vallas, disuadían a los espectadores que trataban de traspasarlas. El final de la carrera se intuía inminente y la excitación crecía entre el público. De vez en cuando alguien creía percibir algún signo de movimiento en la distancia y anunciaba: «¡Ya están aquí!» Yo sabía que era todavía demasiado pronto, y solo cuando hubieron transcurrido sesenta minutos desde el inicio empecé a otear el horizonte. Otra voz volvió a exclamar «¡ya están aquí!» y, esta vez sí, vimos a lo lejos una sombra delgada e incierta que no podía ser sino la cabeza del pelotón. Tardé unos segundos en confirmar la buena noticia: ¡venían todos juntos! No habían sido, por tanto, tan descabelladas nuestras previsiones. Ahora solo faltaba que Rafa supiera situarse entre los que iban delante y que Juan, a su rueda, alcanzara la aceleración necesaria para lanzarse en solitario hacia la meta.

Yo temblaba de emoción. Todo habría acabado en un par de minutos, y para entonces mi hermano Juan tal vez habría obtenido su primera gran victoria. Los ciclistas estaban ahora mucho más cerca y, desde donde yo me encontraba, podía ya distinguir a los dos motoristas que los precedían. Con los ojos entornados traté de identificar la figura de Rafa, que a esas alturas tendría que asomar ya entre los que encabezaban el grupo. No le vi por ningún sitio y, por supuesto, tampoco vi a Juan, y los otros corredores estaban ya iniciando el *sprint*. Se destacó un grupito de seis, que fueron los que primero cruzaron la meta, y luego llegó el pelotón, alargado y cansino, como si todos al final se hubieran quedado sin fuerzas, y yo busqué a mis hermanos pero los ciclistas fueron pasando ante mis ojos y entre ellos no estaban ni Rafa ni Juan. ¿Qué había ocurrido?

Detrás de los coches que cerraban la carrera iban también algunas motos, y entre esas motos estaba la Vespa de Manolo, el policía del pueblo, que frenó a mi lado y me dijo:

—Coge tu bici y sígueme. Vamos al dispensario.

—¿Qué ha pasado? —pregunté—. ¿Un accidente?

—Tú haz lo que te digo.

El médico estaba terminando de vendar la muñeca izquierda de Juan. Mi padre tenía a mi madre cogida por los hombros y le decía que no se preocupara, que podía haber sido peor y tenían que dar gracias a Dios. Rafa se volvió al oírme llegar.

—Menéndez —dijo—. Menéndez y su socio. Han vuelto.

De lo que entre unos y otros me contaron deduje que los dos hombres habían visto a Rafa y a Juan montados en sus bicis y que uno de ellos, Clemente, el socio de Menéndez, les había dicho: «¡A ver, valientes! ¡A que ahora no os atrevéis a llamarme ladrón!» «¿Que no? ¡Pues eso es lo que eres! ¡Un ladrón!», le había gritado Juan, que en la riña posterior se había llevado la peor parte: una muñeca dislocada y varios rasponazos.

—Nada grave —añadió Juan—. Lo justo para que no pudiera tomar la salida.

—Lo peor es que mañana tenemos que dejar el hostal —intervino mi padre—. Y esta vez sí que no hay vuelta de hoja.

—¡Ladrones, hijos de...! —exclamó Rafa.

—¡Esa lengua! —protestó mi madre.

Manolo, que se había entretenido a la entrada, llegó en ese momento y preguntó a mi padre si pensaba poner una denuncia.

—¿De qué serviría? Peleas como esta las hay todos los días.

—Entonces ¿qué vas a hacer?

—Cogeremos nuestras cosas y nos marcharemos. El hostal es suyo.

El dispensario estaba cerca del ayuntamiento. Pasamos por la plaza justo cuando se estaba realizando la entrega de premios: las piezas de cerámica, los diplomas, las medallas y, por supuesto, la bicicleta. Una bicicleta igual a la de Perico Delgado. Nos detuvimos un instante a mirar cómo, entre aplausos, el vencedor de la carrera daba dos besos a Odalys y luego se dejaba fotografiar montado en la bicicleta.

—Una lástima —dijo Juan, echándole un último vistazo—. Una verdadera lástima.

Al día siguiente, a primera hora de la mañana, teníamos la furgoneta lista para la mudanza. De hecho, cuando llegaron Menéndez y su socio, solo nos faltaba colocar las bicis en la baca. Llegaron en el todoterreno de Clemente, aparcaron junto a la antigua gasolinera y se sentaron a esperar. Luego vi que uno de ellos se levantaba y sacaba algo de la parte de atrás del vehículo. Era un cartel de madera y decía: «Edificio adquirido para sede de la Sociedad de Amigos de la Caza Menor. Rótulo provisional.» Así que para eso querían el hostal, para convertirlo en un club de cazadores. Posiblemente era lo único que se podía hacer con él, la única manera de garantizar su supervivencia. No solo eso sino que me pareció una buena idea, y lo que me dolía era darme cuenta de que esa era la clase de ideas que jamás se nos habrían ocurrido a nosotros: a mis padres, a mis hermanos, a mí.

Cargamos, pues, las bicis, y cuando ya nos disponíamos a marcharnos vimos venir a algunos de los chicos del pueblo. Serían unos doce o trece, y se pararon al otro lado de la carretera, a unos treinta metros de nosotros y a otros tantos del todoterreno.

—Hemos venido a deciros adiós —dijo el Chato, que era un poco el jefe del grupo.

—Y a desearos buena suerte —añadió Rebeca, la guapa oficial, aunque a nosotros nos parecía una hortera.

—Gracias —dijimos.

Su actitud no dejaba de sorprendernos, porque nuestras relaciones con muchos de esos chicos siempre habían sido tirantes.

—¿Y esos? —oí decir a mi padre.

Por la carretera del pueblo llegaban más chicos y más chicas, y también varios adultos, algunos de ellos amigos de mis padres, otros no tanto.

—También ellos quieren despedirse —dijo Rebeca.

Mi padre asintió con la cabeza y echó a andar hacia Menéndez y su socio. Luego sacó del bolsillo un manojo de llaves y se lo tendió. Menéndez lo cogió sin decir nada y mi padre volvió a la furgoneta.

—Todos adentro —dijo—. Ahora sí que nos vamos.

La furgoneta arrancó y el Chato, Rebeca y los otros nos dijeron adiós con la mano. Con ellos había ahora otros quince o veinte chicos, que también nos saludaban, y cuando salimos a la carretera nos encontramos con unos cuantos más, parados aquí y allá, que hacían exactamente lo mismo. Yo supuse que la noticia de lo ocurrido el día anterior se había extendido por el pueblo y que eso debía de haber provocado una ola de simpatía hacia nosotros. Un poco antes de la entrada a la autovía, junto a una hilera de chopos, vimos aún a un grupito de hombres y mujeres que estaban ahí como esperando para vernos pasar y hacernos un gesto de despedida. Entre ellos estaban Manolo, el alcalde, su mujer, y también el médico, el mismo médico que el día anterior le había vendado la muñeca a Juan.

—Adiós, adiós... —repetía mi padre como para sí.

Salimos por fin a la autovía. La Ford, cargada como iba, avanzaba despacio en aquel tráfico endiablado, y los camiones que nos seguían nos lanzaban ráfagas con los faros para meternos prisa o directamente nos adelantaban.

—Vicálvaro —dijo mi madre—. El nombre es bonito.

Sí, el nombre podía ser bonito, pero ninguno de nosotros sentía un interés especial por instalarse en un sitio así, del que muy poco o nada sabíamos.

—Vicálvaro... —volvió a decir.

Cuando apenas llevábamos recorridos veinte o veinticinco kilómetros, dos policías motorizados nos alcanzaron y por señas ordenaron a mi padre que detuviera el vehículo en el arcén. Yo pensé: «Ahora estos nos dirán que a esta velocidad no se puede circular por la autovía.» Seguramente también mis padres y mis hermanos lo pensaron, pero lo que el policía nos dijo a través de la ventanilla fue:

—¿Familia Bravo? Tienen ustedes que volver inmediatamente a su domicilio.

—¿Para qué?

—Eso no lo sabemos. A nosotros nos han dicho que los localizáramos y se lo dijéramos.

Fuimos hasta la siguiente salida y allí cogimos la autovía en sentido inverso. Volvíamos a nuestra casa y no sabíamos por qué. En cuanto salimos a la antigua carretera general vimos a lo lejos la pequeña humareda. El hostal estaba ardiendo.

—¡Dios santo! —exclamaron a la vez mi padre y mi madre.

De las ventanas del edificio salían gruesas columnas de humo. Donde antes habían estado el Chato y los otros había ahora unas cincuenta personas. No hacían nada, solo mirar. Menéndez y su socio, furiosos, iban de un lado para otro, y tan pronto trataban de apagar el incendio como se volvían hacia la gente del pueblo y los acusaban. Cuando nos vieron llegar a bordo de la furgoneta, Clemente nos señaló con el dedo y gritó a Manolo:

—¡Deténgalos! ¡Seguro que han tenido algo que ver!

—Imposible. Ya se habían ido cuando ha empezado el fuego.

—¡Entonces a ellos! —intervino el otro, mirando al nutrido grupo de curiosos—. ¡Han sido ellos!

—¿Ellos? ¿Quiénes? No pretenderá que detenga a todo el pueblo...

—¡Alguien habrá sido! Nosotros estábamos en la parte de atrás y...

—También podría tratarse de un incendio fortuito.

Los del pueblo asistían a la escena con mal disimulada complacencia. Se veía que disfrutaban, que les gustaba estar así, en aquella inmovilidad burlona y casi ostentosa, sin expresar el menor signo de solidaridad o de auxilio. También a mí, como a ellos, ver a aquellos dos hombres afanarse inútilmente y reclamar a gritos la presencia de los bomberos me producía un placer poderoso, irresistible, que tenía algo de perverso y algo de justiciero. Dentro de un rato, del hostal solo quedarían unas ruinas chamuscadas. Eso era todo lo que esos dos hombres iban a tener, y me importaba bien poco quién había provocado el fuego y por qué motivo.

—¡Esos bomberos! —gritaban los dos hombres.

—Están avisados —decía Manolo—. No pueden tardar.

Las llamas iban devorando el interior del edificio pero la estructura todavía se sostenía en pie, y había una zona, la de las habitaciones, que aún no había sido dañada. De golpe una gran llamarada escapó por una de las ventanas superiores y parte del tejado se vino abajo, arrastrando consigo uno de los soportes del viejo rótulo de neón. Fue entonces cuando comprendí que mi padre no podría aguantar esa visión. Le busqué con la mirada, y justo en ese momento echó a andar hacia el lugar en el que en otro tiempo había proyectado poner la piscina. Sacó una manguera del cobertizo de las herramientas, la conectó a una boca de riego y apuntó con ella hacia la fachada del hostal. Sin duda, nadie pensó que mi padre pudiera reaccionar así, y aquello hizo que todo cambiara de repente. Menéndez y el otro, que hasta ese instante no habían dejado de gritar, se callaron de golpe y observaron a mi padre con tanta sorpresa como admiración. La gente del pueblo empezó a removerse con nerviosismo, y en menos de un segundo se desvaneció la expresión satisfecha que había iluminado sus rostros. Tres o cuatro chicos corrieron a la gasolinera y enchufaron sus viejas mangueras, y hubo otros que sacaron todas las que quedaban en el cobertizo. Mis hermanos y yo fuimos indicando a unos y a otros dónde estaban las bocas de riego, y todos los que antes habían permanecido inmóviles se aprestaban ahora a colaborar.

Cuando por fin llegaron los bomberos, el incendio había sido sofocado. Los dos hombres, silenciosos y torvos, descansaban junto al todoterreno y de vez en cuando se pasaban la mano por la frente tiznada. Mi padre, antes de volver a la furgoneta, echó una última mirada al edificio. El rótulo de neón colgaba sobre la fachada, pero todavía podía leerse: «Hostal Los Pinos Restaurant». Mi madre dijo Vicálvaro, mi padre arrancó y entonces sí que nos marchamos. Y ya nunca volvimos por allí.

Epílogo

HAN pasado varios años desde entonces, y lo cierto es que al final no nos fueron tan mal las cosas. En Vicálvaro vivimos algo más de un año. De allí pasamos a Fuenlabrada, donde mis padres montaron un negocio de comidas precocinadas que desde el principio funcionó muy bien. Yo aprobé la selectividad y me matriculé en Filología Hispánica, y en ello estoy. Mi hermano Rafa, que ya nunca volvió a imitar a Julio Iglesias, estudió varios cursos de informática y no tardó en encontrar empleo en una caja de ahorros. Juan, por su parte, entró a trabajar en la planta de deportes de unos grandes almacenes y junto a unos amigos fundó el primer club ciclista del barrio.

Del hombre moreno nunca he vuelto a saber nada, lo que seguramente debe considerarse una buena noticia.

Del padre de Socorrito sé que se volvió a casar. A su nueva mujer la conoció en la biblioteca.

Y en cuanto a ella, a Socorrito, ¿qué puedo decir? En este mismo momento la estoy esperando. Estoy en Barcelona, en un bar que se llama Zúrich. Llevo en una carpeta el original de mi primera novela, que una editorial de aquí ha aceptado publicar, y no aparto la mirada de la puerta por la que dentro de muy poco la veré aparecer. Hemos quedado a las seis, y faltan solo diez minutos. Y la verdad es que estoy nervioso, muy nervioso.

Índice

Si te ha gustado este libro, también te gustarán:

Memorias de una vaca, de Bernardo Atxaga
El Barco de Vapor (serie Roja), núm. 72

Dice *La Vache qui Rit* que en este mundo no hay cosa más tonta que una vaca tonta. Y toda la vida de Mo consiste en demostrar a su amiga que ella, desde luego, a pesar de ser vaca —y no caballo brioso—, no tiene ni un pelo de tonta. ¡Ni uno! Es una vaca notablemente Omega, y nada Alfa. Y tiene una voz interior, y una determinada manera de entender la vida, y..., ¡muchas, muchas ganas de vivir!

¡Canalla, traidor, morirás!, de José Antonio del Cañizo
El Barco de Vapor (serie Roja), núm. 77

La culpa de todo la tuvieron Julio César y los tebeos. Y también las estrellas, y la torrijas..., y el hambre y la miseria de aquel pobre hombre. Solo lo vio tres veces en su vida. Y, sin embargo, aquellos encuentros le cambiaron por completo.

El viaje americano, de Ignacio Martínez de Pisón
El Barco de Vapor (serie Roja), núm. 109

¿Por qué José Carril, un simple camarero español, empleado en un transatlántico que cubre el trayecto entre El Havre y Nueva York, acaba siendo José del Carril, hijo del marqués del Tremedal y famoso galán de cine? La respuesta solo la tiene Margarita Castellanos, una de las actrices españolas más populares de los años treinta.

EL BARCO DE VAPOR

SERIE ROJA (a partir de 12 años)

2 / *María Gripe,* **La hija del espantapájaros**
11 / *José A. del Cañizo,* **El maestro y el robot**
22 / *José Luis Olaizola,* **Bibiana y su mundo**
36 / *Jan Terlouw,* **El precipicio**
37 / *Emili Teixidor,* **Renco y el tesoro**
39 / *Paco Martín,* **Cosas de Ramón Lamote**
49 / *Carmen Vázquez-Vigo,* **Caja de secretos**
50 / *Carol Drinkwater,* **La escuela encantada**
52 / *Emili Teixidor,* **Renco y sus amigos**
53 / *Asun Balzola,* **La cazadora de Indiana Jones**
57 / *Miguel Ángel Mendo,* **Por un maldito anuncio**
60 / *Jan Terlouw,* **La carta en clave**
64 / *Emili Teixidor,* **Un aire que mata**
65 / *Lucía Baquedano,* **Los bonsáis gigantes**
67 / *Carlos Puerto,* **El rugido de la leona**
69 / *Miguel Ángel Mendo,* **Un museo siniestro**
71 / *Miguel Ángel Mendo,* **¡Shh... Esos muertos, que se callen!**
72 / *Bernardo Atxaga,* **Memorias de una vaca**
75 / *Jordi Sierra i Fabra,* **Las alas del sol**
76 / *Enrique Páez,* **Abdel**
77 / *José Antonio del Cañizo,* **¡Canalla, traidor, morirás!**
80 / *Michael Ende,* **El ponche de los deseos**
83 / *Ruth Thomas,* **¡Culpable!**
84 / *Sol Nogueras,* **Cristal Azul**
85 / *Carlos Puerto,* **Las alas de la pantera**
86 / *Virginia Hamilton,* **Plain City**
87 / *Joan Manuel Gisbert,* **La sonámbula en la Ciudad-Laberinto**
88 / *Joan Manuel Gisbert,* **El misterio de la mujer autómata**
89 / *Alfredo Gómez Cerdá,* **El negocio de papá**
90 / *Paloma Bordons,* **La tierra de las papas**
91 / *Daniel Pennac,* **¡Increíble Kamo!**
92 / *Gonzalo Moure,* **Lili, Libertad**
93 / *Sigrid Heuck,* **El jardín del arlequín**
94 / *Peter Härtling,* **Con Clara somos seis**
95 / *Federica de Cesco,* **Melina y los delfines**
96 / *Agustín Fernández Paz,* **Amor de los quince años, Marilyn**
97 / *Daniel Pennac,* **Kamo y yo**
98 / *Anne Fine,* **Un toque especial**
99 / *Janice Marriott,* **Operación «Fuga de cerebros»**
100 / *Varios,* **Dedos en la nuca**
101 / *Manuel Alfonseca,* **El Agua de la Vida**
102 / *Jesús Ferrero,* **Ulaluna**
103 / *Daniel Sánchez Arévalo,* **La maleta de Ignacio "Karaoke"**
104 / *Cynthia Voigt,* **¡Pero qué chicas tan malas!**
105 / *Alfredo Gómez Cerdá,* **El cuarto de las ratas**
106 / *Renato Giovannoli,* **Los ladrones del Santo Grial**
107 / *Manuel L. Alonso,* **Juego de adultos**
108 / *Agustín Fernández Paz,* **Cuentos por palabras**
109 / *Ignacio Martínez de Pisón,* **El viaje americano**
110 / *Paolo Lanzotti,* **Kengi y la magia de las palabras**
111 / *Paul Biegel,* **Vienen por la noche**
112 / *Adela Griffin,* **Mejor hablar a tiempo**
113 / *Josef Holub,* **Mi amigo el bandolero**
114 / *Uri Orlev,* **El hombre del otro lado**
115 / *José María Plaza,* **De todo corazón**
116 / *Joan Manuel Gisbert,* **El talismán del Adriático**
117 / *Laura Gallego García,* **Finis mundi**
118 / *Virginia Euwer Wolf,* **¿Hacemos limonada?**
119 / *Gudrun Pausewang,* **¿Oyes el río, Elin?**
120 / *Jack Gantos,* **Joey Pigza se tragó la llave**
121 / *Sigrid Heuck,* **La canción de Amina**
122 / *Jordi Sierra i Fabra,* **Las historias perdidas**
123 / *Eva Piquer,* **La chica del tiempo**
124 / *Christine Rettl,* **¿Dónde está papá?**